나를
조각하는
5가지
방법

5 SOLUTIONS
TO OVERCOME
CRISIS, FINDING
YOURSELF
YOU HAVEN'T
KNOWN

나를 조각하는 5가지 방법

5 SOLUTIONS
TO OVERCOME
CRISIS, FINDING
YOURSELF
YOU HAVEN'T
KNOWN

BOOKQUAKE

곰곰히 나를 돌아본 적이 얼마나 될까요? 언제 까지 외부 탓 외부 영향만 따질건가요. 모든 문제와 원인은 내안에 있음을 발견할 수 있는 아름다운 책

_ 내면심리상담사 김성민

늘 긍정의 에너지와 성실함으로 주변 사람들에게 행복을 주고 빛이 되는 바이올리니스트이자 힐링 아티스트 이나겸 님의 '나를 찾는힘' 출간을 축하드립니다.
어떤 환경에서도 꿈과 자신에 대한 믿음으로 도전과 경험을 통해 삶의 가치를 높이는 그의 이야기가 여러분들의 가슴에 진실로 다가갈 것입니다.

_ 바이올리니스트 김정연

오래전부터 항상 감성을 담은 새로운 것을 추구해왔던 바이올리니스트이자 힐링 아티스트 이나겸 님의 출간을 축하하며...
다양한 경험과 직면한 도전을 최고의 노력으로 극복해오며 살아왔던 그의 한마디 한마디는 그 누구보다 현실적이며 가치 있는 다가온다.
오늘날 힘든 삶을 살아가며 나의 고민을 함께 들어주고 공감할 수 있는 누군가를 찾는다면 꼭 이 책을 읽어보기를 바랍니다.

_ 뉴욕 클래시컬 심포니 오케스트라 지휘자 김진환

그동안 경험하지 못했던 이 암울한 시대에 우리에게 필요한 힐링 스토리. 그녀의 발전 과정을 엿보는 것만으로도 마음 따뜻한 도움이 되었습니다.

- 예술의 전당 영재아카데미 강사 바이올리니스트 백수련

"wounded healer (상처입은 치유자)"

이 말은 오랫동안 이나겸 선생님의 성장과정을 지켜본 사람으로서 가장 적합한 표현이라고 생각합니다. 오랜 기간 여러 상황으로 깊은 수렁에 빠지고 희망이 좌절되는 경험을 하면서도 특유의 열정과 긍정으로 헤쳐 나갔습니다. 그리고 오히려 그 불행한 과정에도 불구하고 그것을 넘어서 내적 탐구를 통해서 희망을 찾아내고 성장해가는 모습은 상처를 극복하고 희망을 줄 수 있는 힐러로서의 자질을 충분히 가졌다고 할 수 있습니다. 언제 끝날지 모르는 지루한 코로나 유행은 불안과 공포와 격리 속에서 많은 심리적 문제들을 야기시키고 있습니다. 코로나 블루(우울)를 넘어서 코로나 레드(분노) 단계로 넘어가고 있다는 표현은 현재를 잘 표현하고 있습니다. 이렇게 자신이 어쩌해 볼 도리없이 견뎌내야 하는 코로나 상황에서 이나겸 선생의 경험과 지혜가 힘들어하는 많은 사람들에게 큰 도움이 될 것이라고 확신합니다. 코로나 상황을 지혜롭게 이겨내고 자신에 대한 탐구의 시기로 삼아 더 한 단계 성장하는 방법은 코로나가 지나가더라도 일상의 스트레스 상황에서도 항상 유효할 것이라고 생각합니다. 이 책은 이나겸 선생님이 그동안 경험한 삶의 지혜들이 담겨진 창고입니다. 깊은 회복의 에너지가 담겨있습니다. 여러분은 창고를 열고 자신에게 필요한 지혜를 꺼내 가셔서 자신의 삶을 사랑으로 회복하시기를 바랍니다. 책은 읽는 모든 분들에게 더 많은 사랑과 행복이 가득하시기를 진심으로 기도합니다.

- 이정환 한의학박사(한방신경정신과), 사암침법학회장, 한국EFT협회장, 마음침법협회장

행복한 성공을 꿈꾸십니까... 진정한 나를 찾길 원하십니까...

그렇다면 이 책에서 꼭 삶의 키포인트를 찾아 보시길 당부 드립니다!!

바이올리니스트 에서 명상가, 동기부여 컨설턴트 등등 다양한 경험 과 노하우를 바탕으로 읽기 쉽게 편하게 써내려간 귀한 글 들을 읽어보시고 그 좋은 에너지 꼭 잘 받아가시길 기원 드립니다...

늘 새롭게 도전하고 진화 발전하는이나겸 후배님께... 작가님께...

늘 사랑 과 축복 만이 가득가득하시길 온 마음을 담아 기원드립니다...

앞으로 더 사랑받으며 살고 싶은 분들께 이 책을 강력 추천 드립니다!

_ 이정훈 (전 MBC 아나운서, 성우)

진정한 나를 찾는 일이 인생에서 가장 중요합니다. 모든 일상을 멈추고 과연 나는 누구이며 어떻게 살아가야하나 ...잠시 명상을 하는 습관을 갖는 것이 깨달음의 시발점이죠. 작가는 숱한 어려움을 통과하는 동안 바이올린을 하며 내면의 세계로의 통찰의 경지에 이른 것 같습니다. 그동안 작가의 바이올린 연주가 예사롭지 않다 했었는데 이번에 이렇게 책을 출간하게 되어 각 분야에서 열심히 일하고 있는 많은 분들에게 더 깊은 사색과 선한영향력을 끼치는 기회가 되었으면 좋겠습니다.

_ 새생명 자연의학중앙회 회장, 면역 전문 회사 포라이프 최고직급자 전 옥

나는 저자 이나겸을 10여년 쯤 전에 심리 상담사와 라이프 코치로 만났다. 처음 만났을 때에 그녀는 상당히 많은 문제로 힘들어하고 있었다. 경제적 문제, 과거의 트라우마, 낫지 않는 목의 피부병, 인간 관계 문제, 가족 내의 심각한 갈등 등. 문제 하나하나가 다 심각하게 버거운 것들이었다. 그러나 그녀는 결코 포기하지 않고, 끈질기게 하나씩 하나씩 몇 년 간에 걸쳐 해결해 나가면서 성장해갔다. 피부병도 고쳤고, 가족 내의 갈등도 다 풀고 화목한 가정을 이루었고, 경제적 문제도 해결했고, 무엇보다도 자신의 재능을 살린 삶의 목표까지 찾았다. 나는 그런 그녀의 모습을 보면서 응원하기도 하고 감탄하기도 했다. 그런 그녀가 이런 지난하지만 보람 있었던 삶의 여정에서 얻었던 소중한 교훈을 이렇게 한 권의 책으로 엮었다. 그녀의 바이올린 연주만큼이나 이 책도 독자들의 마음을 울리는 감동을 주기를 기대한다.

_ MBS 한의원 최인원 원장

나를 찾은 사람은 행복하다.

나를 찾은 사람은 남이 되기 위해 힘을 낭비하지 않는 사람. 가슴이 원하는 일을 하는 사람, 자신의 재능을 세상에 선물하는 사람, 나의 영역과 너의 영역을 똑같이 존중하며 공존의 지혜를 실천하는 사람이다. 모든 것이 쉽고 명료해진 상태에 있기에 꿈에 닿는 움직임만을 행하게 된다. 좀처럼 변치 않는 행복의 깊이를 경험하게 되는 것은 이들만의 특권이다.

<나를 찾는 시간>은 도무지 음악을 할 수 없는 암울한 상황 속에서도 바이올린 연주를 놓지 않았던 그녀의 예술적 삶의 흔적이다. 그녀처럼 환경 핑계 없이 인생을 걸고 해볼 만한 일에 집중하며, 한 호흡 한 호흡 정성껏 살아가는 사람들이 많아진다면 세상은 어디까지 아름다워질 수 있을까?

그녀는 치열한 음악계에서 경쟁하지 않고 창조하는 삶을 택했다. '내 안의 천재성 깨우는 바이올린 교육'으로 우리가 잃어버린 힘을 깨우는 작업에 집중한다. 자신의 본성대로 살지 못했을 때 어김없이 삶을 엄습하는 고통의 실체를 안 이상, 그녀는 더 이상 원하는 것을 외부에서 찾을 필요가 없음을 알아챘기 때문이다. 내면을 끊임없이 갈고 닦음으로써 자신만의 음악을 창조하고 그 힘으로 제자들을 양성한다.

코로나 시대 예술가들은 절망을 겪었다. 부족하고 부서지기 쉬운 있는 그대로의 나를 껴안고, 바이올린을 연주하며, 경험한 것들을 촘촘히 써내려간 그녀의 기록들을 읽다 보면 절망 속 기회를 스스로 찾아 움직이게 될 것이다. 내 안에서 반짝반짝 빛나고 있는 나를 모른 척 할 수 없기에...

- 화이트비그룹 대표·디렉터 최현아

지금 시대는 코로나19로 말미암아 혼란 속에 취업과 이직이 어렵고, 파산, 폐업과 같은 큰 난관 속에서 어찌할 바를 모르는 시대를 살고 있다. 그렇기 때문에 지금 이러한 시대에 제일 먼저 해야 할 것은 잠시 멈춰서 '나를 찾는 시간'을 확보하는 것이 중요하다고 생각한다. 산업의 판이 이동하는 시대이기에 혼란스럽고 두렵지만 그렇기에 더욱 나 자신을 알고 가능성을 찾아야 한다.

2017년에 존경하는 한 멘토는 이런 강의를 한 적이 있다. 앞으로 1인 기업 시대가 올 것이며 많은 사람들이 일자리를 잃고 젓가락을 쓰는 민족이 작은 컴퓨터로 세상을 컨트롤하며 네트워크로 연결되고 3d프린터로 집이 나오는 세상이 될 것이며 불경기와 가계부

채가 증가하고 장기적으로는 저성장 시대가 올 것이라고, 미래를 대비하는 것의 중요성과 건강에 대한 이야기들을 나누었던 기억이 있다.

그런데 현실이 되었다.

컨테이젼이라는 영화처럼 밖에서 걸어 다닐 때조차도 마스크를 필수로 써야 하는 시대. 이 코로나 시대에 나는, 우리는 과연 미래를 어떻게 대비할 수 있을까? 이 물음에서 시작되었다. 닦았던 내공과 관점의 확장이 비로소 드러나야 할 때다.

'나'를 진심으로 찾고, 위기가 아닌 기회의 스위치를 실제로 켜는 시간.

누구나 삶의 여정의 트랙이 다르지만 고유한 자기만의 길이 있다. 그래서 '나 찾기'와 관련해서 글을 쓰게 되었다.

나는 바이올리니스트로, 바이올린예술사관학교 비가나스쿨에서 학생들의 내재된 천재성을 깨우는 교육과 코칭을 병행 하고 있다. 6만 시간 이상의 임상을 바탕으로 치유와 성장을 함께 한다. 20대, 30대를 연주, 교육 외에도 다양한 직업군을 경험하면서 감정적 어려움, 파산 등 많은 난관을 만났었다. 하지만 그 때마다 나의 잠재력을 새롭게 찾아서 그 힘으로 돌파해왔다. 이러한 경험들을 근간으로 글을 썼다. 이 책이 자신을 발견하고 힘의 낭비를 줄여 원하는 것에 가닿는 도화선이 되길.

상담에서 늘 하는 말이 있다. "000은 소중한 존재라는 걸 꼭 기억해 주세요." 돈도, 명예도, 사람도 그 무엇이던 살아있을 때 위력을 가진다. 우리 내면에 이미 빛나고 있는 빛을 더욱 환하게 비추자. 그 빛이 위기를 돌파할 것이라고 감히 말하며 나는 당신을 믿는다. 이 책을 초심이 흔들릴 때마다 펴 보며, 이미 존재하는 자신 안에 빛을 발견할 수 있다면 그것만으로도 정말 감사드린다.

Chapter 01

방법 하나,
코로나 시대,
나를 찾아야 산다!!

나를 찾고,
찾고 또 찾으라!

코로나 시대는 나 찾기 시대이다. 학교도 대면에서 비대면으로 전환되어 수업을 한다. 오프라인 식당들도 예전 IMF 시절보다 더 어렵다고 뉴스는 전한다. 내일 일이 어떻게 될지 프리랜서들은 미래가 불투명하다. 이렇게 불안정해질 때일수록 나를 찾아야 한다.

　나의 인생에서 가장 어려운 시기를 되돌아보면, 가장 밑바닥을 치고 위로 올라올 때, 나 자신을 발견해야만 돌파할 수 있었다. 본래의 나, 본성을 회복하는 것이다. 우리는 누구나 천재였다. 근육을 쓰지 않으면 퇴화하듯 잊어버리고 있던 나를 찾으면 모든 위기에 대응하고 해결할 수 있는 힘, 누구에게나 내재된 천재성을 발견하게 된다.

　그 힘은 영감에서 비롯된다. 나는 영감이 필요할 때, 혼자 생각하는 시간 외에도 주변의 여러 귀인들을 만난다. 생각지도 못한 부분에서 내 안의 것들을 자유롭게 꺼내 볼 수 있게 도와주기 때문이다. 무거운 머리로 끙끙 앓던 것이 대화를 통해 이내 문제가 해결되곤 한다.

이렇게 누군가와의 대화 속에서 실마리를 찾을 수도 있고, 나 혼자만의 사색 속에서 문제들을 좀 더 가볍게 해결해 나갈 수도 있다. 그 안에는 '나 찾기'가 있다. 리부트하고자 하는 것 역시 모두 나를 찾고자 하는 행동이다. 문제 해결에 도달하기 위해 나를 찾고, 찾고, 또 찾아보자.

이렇게 무수한 알갱이처럼 내 안의 보석들이 결국
나 자신이다.

왜 나 찾기인가?

나를 찾으면 행복하다. 나는 나를 찾을 때, 그렇게 내가 되기로 했을 때, 그 힘이 연주에서도 그대로 드러난다고 생각한다. 내가 표현하고자 하는 대로 음악을 통해 내가 드러나기 때문이다. 자신의 성격대로 연주한다고 한다. 나는 열정적인 성격으로 예술중학교 전체 수석을 하면서 연주가 재밌는 경험을 했었다. 하지만 입학 후에 부자와 가난한 자의 삶에 대한 사회적 박탈감, 지하 방 한 칸에서 4식구가 옹기종기 살던 나와는 다른 친구들의 세계, 하루 벌어 하루 살아가는 부모님의 삶 속 정서적 케어의 부재들을 경험하며 나는 갈피를 잡기 어려웠다. 돌이켜 보면, 그 순간들은 모두 운디드 힐러 **상처받은 치유자**로 사람들의 감정을 더 공감할 수 있는 계기가 되었다.

중, 고등학교 시절 바이올린 레슨 때, 선생님께 '왜 그렇게 생각 없이 연주하니?'라는 말씀을 자주 들었다. 예술 중학교를 전체 수석으로 입학했으니 정말 잘하고 싶은데, 하루 10시간씩 연습을 해도 어떤 한계점 이상 실력이 늘지 않았다. 그러나 재수를 하던 시절, 기본기를 나를 찾듯이 하나하나 '이해' 할 수 있도록 세심하게 배움으로써 음악의 골격이 보이기 시작했다. 그렇게 하나하나 쌓아 올리는 음악의 기본을 조금씩 알아가게 되었다.

그러면서 나중에 파산과 같은 더 힘든 경험을 하게 되었을 때야 비로소 삶에 무엇부터 잘못되었는지 나를 열정적으로 찾게 되었다. 이 시기에 나는 바이올린이 내게 있어 삶의 고통을 잠시 일시정지하게 해 주는 도구였음을 깨닫게 되었다.

이상은 높고 내 현실은 바닥이고. 그렇게 그 격차를 잠시 잊을 수 있던 것이 바이올린이었다. 악기를 들면 내 삶의 고통은 잠시 잊을 수 있었기에. 그러니 선생님들이 "너는 왜 이렇게 생각 없이 연주를 하니"라는 말씀은 매우 당연했다. 그때 정말 많은 눈물을 흘렸다. 슬퍼서가 아닌 진짜 내면의 진실을 발견해서였다. 바이올린은 이제 내게 고통을 잊기 위한 도구가 아니라 한 음 한 음 살아 있는 멜로디가 되었다.

삶의 선택지 속에서 내가 경험하는 모든 것들은 그 안에 깨달음이 있다. 그것은 내가 나를 찾고자 할 때 생긴다. 그때 비로소 책, 드라마, 일상적인 대화에서도 언제든지 깨달음을 나와 연결하여 생각할 수 있는 힘이 생긴다! 이 힘이 코로나 시대이건 어떤 시대를 살 건 그 힘으로 시련을 극복할 수 있게 나를 돕는다.

만남을 통해 우리가 늘 기억할 것은 그 모든 순간 속에서 나를 보는 것이다. 왜냐하면 나의 삶은 나를 바로 볼 수 있도록, 선물을 주고자 경험해야 할 상황, 사람들을 거울로 보내주기 때문이다. 깨닫지 못하면 이 우주는 사람과 상황만 바꿔가며 내 삶으로 계속 보내준다. 그렇게 선물로 여기면 한없이 겸손해진다. 그리고 겸허해진

다. 순리를 따르게 된다. 그래서 나 찾기가 이 시대에 찐 슈퍼 파워
라고 생각한다.

나 찾기를 통해 내 안의 천재성을 깨운다.

사람들은 대화를 나눌 때 두 부류로 나뉜다. 위력 있는 일들을 해
내는 사람, 그 일에 대해 이야기만 하는 사람으로. 내 안의 천재성
을 깨우며 성공하는 이들은 끊임없이 사고의 범위를 확장하고 타
인의 의견을 잘 수렴한다. 다른 부류는 일어난 일, 타인에 대한 이
야기만을 한다.

내 인생은 바이올린을 만나기 전과 후로 나뉜다. 바이올린을 햇
수로 30년째 만나고 있다. 길면 길고 짧다면 짧다. 그렇게 바이올린
이라는 악기를 만나면서 가장 최고의 희열도, 가장 밑바닥의 감정
들도 만나게 되었다. 학생들을 만나다 보면 "저는 바이올린이 너무
재밌어요.. 행복해져요." 하는 아이들, 성인들을 만나게 된다. 여기
서 탁월성을 발휘하는 이들은 연습을 주도적으로 하며, 끊임없이
연구한다. 덕분에 나는 질문에 대답할 수 있도록 연구하고 관점을
확장하기 위해 노력한다.

이들을 위해 나는 더 직관적이 된다. 악기 탓, 자금 탓을 하는

이들에게 본질을 찾게 돕는다. 그럼 단순해져 스트레스는 곧 내가 끌어당기고 있는 문제 회피임을 깨닫는다. 그리고 내면의 위력을 꺼내어 훈련할 수 있다. 나는 탁월성을 위한 의식적인 질문하기와 선택하기를 통해 그 힘을 강화하는 훈련을 한다. 스스로 원인과 해결책을 발견하고, 내가 선택하는 것을 통해 경험의 폭을 늘리는 것이다.

수업방식도 '이렇게 해라!'가 아닌, '어떻게 해볼 수 있을까? 원하는 것이 무엇이야? 문제는 어떤 것이 있지?' 등 생각을 자극하는 질문들을 사용한다. 그리고 그게 좀 더 단련되면, 나에 대해 더 깊이 알아야 답할 수 있는 질문들도 사용한다. 어떤 주제에 대해 내가 느끼는 것들과 이유를 묻는 것이다. 물이 100℃가 되면 끓어오르듯, 자신을 만난 이들은 악기를 재미있어하며 사랑을 느낀다. 바이올린을 배우고, 내면의 거인을 깨우는 것일 뿐인데도 삶에서 만나는 온갖 삶의 태도가 조금씩 변화한다. 우리는 서로에게 배우고 인내하며, 내 안의 천재성을 깨우게 된다.

그렇게 유튜브 '나 MUSIC' 채널을 통해 인연이 된 제자가 있다. 어머님께서도 바이올린을 전공하셔서 이해하기 쉬운 레슨 영상들을 보고 정말 놀라셨다고 한다. 그렇게 인연이 되어 한 땀 한 땀 노력하며 자신을 발견한 그 제자 역시 나 찾기의 힘을 경험했다. 자신이 아는 것만큼 연주하고 싶다고 표현한다. 뉴욕 국제 콩쿠르에서 소원이던 1위를 함으로써 링컨센터에서 입상자 연주회를 멋지게 해냈다. 1위가 주는 기쁨보다 더 컸던 것은 자신을 음악 속에서 찾은 것이다. 내가 느끼는 것을 타인에게 표현하고 전달하는 힘, 이렇게 나를 찾는 이들은 누구나 내재된 천재성을 통해 꿈을 성취하는 믿음을 얻게 된다.

방법 하나. 코로나시대. 나를 찾아야 산다!!

무의식은
변화를 싫어한다

포스트 코로나 시대 길거리의 사람들은 사회적 거리두기 2.5단계
에서의 마스크를 착용하던 습관을 1단계로 변화해도 유지한다. 이
처럼 습관의 힘은 놀랍다. 작은 습관의 힘은 변화를 싫어하는 무의
식을 지배한다. 우리는 기존의 일하던 습관에서 유연하게 변화해
야 한다. 언택트에서 온택트로 빠르게 변화하는 시기에 적응해야
한다. 더 새로운 기반의 일을 해야 하는 시대가 되었다.

　낡은 방식에서 순식간에 새로운 형태의 일과 비대면 인간관계
등으로 변화하면서 절망적으로 보이는 일들을 겪기도 한다. 그때,
우리는 무의식중에 내뱉는 말 한마디부터 고쳐나갈 수 있다. 위기
가 닥쳤을 때, 우리는 말의 습관부터 달라지기 때문이다.

　"어려워. 왜 이렇게 안 되지? 될까? 안될 거 같아. 별수 있나." 안

되는 방향으로 생각할수록 부정적인 말들을 하게 되고, 뇌는 그 방향의 뉴런이 강화된다. 하지만 코로나 시대, 나를 찾기 위해 더욱 희망적인 말하기 습관을 지녀야 한다. "이걸 해결하려면 나는 무엇에 집중해야 할까? 내가 정말 원하는 것이 무엇인가? 초점을 맞춰보자. 할 수 있어."

무의식은 변화를 싫어하지만 '점진적으로' 변화할 수 있다. 은연중에 내가 내뱉는 말이 썩은 냄새가 나는지, 향기가 나는지 살펴보자. 진실한 말 한마디가 나를 일으켜 세울 수도, 무너뜨릴 수도 있다. 언어적 습관을 무엇부터 변화시켜나갈 수 있을까? 아주 작은 변화처럼 하루 1%씩 좋아질 요량으로 자신의 상처를 돌아보고, 치유하며, 에고ego에 휘둘리지 않고, 삶을 즐길 수 있다.

그것은 가슴 속 태양을 발견하는 것이다.

선택과 경험만이 존재한다.

서던 캘리포니아대학교 심리학 교수인 웬디 우드는 인간의 행동 중 43%는 나도 모르게 무의식에 의해서 일어나고 있는 일이라고 말한다. 거대한 알고리즘과도 같은 이 무의식은 어떤 원리들을 갖고

있을까? 그중 하나는 앞서 말했듯, 변화를 싫어한다는 것이다. 작심삼일이란 말도 무의식의 힘이 얼마나 강한지를 보여주는 말이기도 하다. 다이어트 후 다시 되돌아가려는 몸처럼 회귀본능의 무의식은 변화를 좋아하지 않는다. 그래서 작은 습관이 모여 변화하는 힘은 위력 있게 된다.

　나의 삶을 돌아보면 밑바닥을 칠 때, 변화할 때, 늘 나는 선택을 했다. 그 선택에 따른 경험만이 존재한다. 그리고 그 경험들은 나의 인내심이나 그 외 특성들을 발전하게 도와준다. 내가 어떤 인정하기 싫은 상태라면, 되는 만큼 버텨볼 수도 있다.

　내가 인정하는 거기서부터 선택의 시작이다. 그 시작 지점에서 언제나 내게 최상인 것을 제공할 힘이 내 안에 있다는 걸 <기억>하는 것이 중요하다.

내가 파산의 위험에서 채권 추심 전화로 인해 극강의 스트레스가 있던 때의 일이다. 정신적으로 도저히 버텨낼 자신이 없던 때라서 귀인들의 도움으로 인도행 비행기에 몸을 실었던 때가 있었다. 돈 문제는 물론 해결할 것이었지만, 도저히 멘탈이 받쳐주지 못했던 그 찰나에 나는 일단 피하기를 선택했다. 이런 현실을 마주하게 된 나의 무의식의 원인과 고통을 근본적으로 알고 끝내고 싶었기 때문이다. 도착한 그 명상 학교에서 첫 수업, 첫 시작 멘트는 "당신은 쓰레기입니다."였다.

어안이 벙벙했다. 내가 쓰레기라고? 그리고 순간, 동의했다. '그렇지, 내면이 쓰레기로 가득 차 있지. 그러니 지금 이 삶의 상황을 경험하고 있는 거고.' 내가 경험하는 것들이 내 안을 꺼내 거울처럼 보여주는 것들이 참 많았다. 삶을 되돌아보면서 내가 얼마나 돈 관련 상처들과 인간관계에서의 결핍이 많았는지, 거대한 상처들을 직면할 수 있었다. 꺼내어 들여다본 진실은 더는 내게 해가 되지 않았다. 오히려 그 결핍은 축복이 되었다.

허리를 펴고 노트와 연필을 가져와 조용한 음악을 틀어놓고 기록을 시작해 보자. 지금 내 상황은 어떠한가? 포장하지 않은 진실로, 그렇게 나를 조우하면 오히려 마음이 편안해짐을 느낄 것이다.

거기서부터 시작이다! 그리고 향기로운 말 한마디를 내게 해 주자. 잘 살아왔다고.

가난을 탈피하는 것을 목표로 삼지 마라.

나는 30여 년을 바이올린의 끈을 놓지 않고 이어오면서, 가난을 탈피하는 것, 부모님을 호강시켜드리는 것, 명예로운 교수가 되어서 돈을 많이 버는 것 그게 생의 목표이기도 했다. 수많은 자기 계발 책들을 섭렵하고, 20살 때부터 CMA 통장을 만들어 주위 친구들에게 알려주기도 하고, 학교와 집만을 오가며 수백 명의 학생들을 가르치고, 그 외에도 각종 행사의 연주 등을 미친 듯이 하며 대학생 때도 월 천만 원씩 벌기도 했다.

그런데 지나고 보니 가난을 바라보는 시선, 돈에 대한 상처, 결핍에 대한 근본적 치유 없이 돈 버는 행위는, 말 그대로 기계 같은 행위일 뿐이었다. 부실 철근으로 집 짓는 것 마냥 행위에 집중된 것은 목표를 달성하더라도 와르르 무너지기에 십상이다.

만약 가난만 모면하고자 돈 버는 행위에만 집중했다면 결핍된 구멍은 여전히 뚫려 있는 채로 쳇바퀴와 같은 삶을 지금도 살고 있을 것이다. 하지만 나 찾기를 통해 과거의 치유와 현재의 자각, 미래에 대한 확고한 비전을 세웠다. 지금은 일을 유쾌하게 해나가며 원하는 것들을 창조하고 있다.

　팬데믹 시대로 미래를 불투명하게 보기 쉬운 이때, 나 찾기를 통해 변화를 싫어하는 무의식을 조련하고, 내면의 있을지 모르는 상처들을 치유하는 한 걸음을 내디뎌보자. 상처 받은 그때로 돌아가 나와 만나고 화해하며 용서하는 시간을 가질 때, 뼛속까지 긍정 파워로서 모든 경험을 축복으로 받아들일 수 있는 힘이 생긴다. 가난을 탈피하고자만 한다면, 그 너머의 비전이 보이지 않는다. 비전을 통해 나아갈 동기를 스스로 발견하기 때문이다.

나를 못 찾는 것인가,
안 찾는 것인가?

나는 종종 죽음에 대해 떠올린다. 만약 오늘이 내 생애 마지막 날이라면 나는 무엇을 할 것인가. 불안감이 스멀스멀 올라오면 이것에 집중한다. 내게 가장 중요한 것이 무엇인가!

  좋은 죽음이란 어떤 것일까? 나는 사람은 모두 죽는다고 끊임없이 고지해 주는 앱이 있다는 것을 알았을 때 참 놀라웠다. 나와 비슷하게 생각하는 사람들이 또 있구나 하고 말이다. Croak이라는 뜻은 개구리 우는소리를 나타내지만, 속어로 죽는다는 의미가 있다고 한다. 그렇게 WECROAK이라는 앱은 오전 7시~오후 10시 랜덤으로 다섯 차례 이와 같은 알림을 보내준다.

"Don't forget 잊지 마세요." "You're going to die 우리는 언젠가 죽습니다."

"Open for a quote 이 문장을 보세요." "Death is the sound of distant thunder at a picnic 죽음이란 소풍 갔을 때 멀리서 들려오는 천둥소리와 같다."
_미국 시인 W.H 오든

"Can anything be sadder than work left unfinished? Yes, work never begun 끝내지 못한 일보다 더 슬픈 것이 있을까? 있다. 시작도 못한 일이다."
_영국 시인 크리스티나 로제티

방법 하나. 코로나시대. 나를 찾아야 산다!!

특히 2017년 8월 출시 때부터 이용했다는 비안카 보스커라는 기자의 평이 매우 흥미로웠다. 왜 이 앱을 사용할까? 그 기자는 "이런 소름 끼치는 문장들이 내 인생에 들어오는 것이 진심으로 반갑다. 내 스마트폰이 평화로워지는 순간이다. 그 단순함이 나를 매료시켰다."라고 했다.

이렇게 단순히 죽음에 대해 떠올리는 것만으로도 우리의 정신과 뇌는 지금 여기 현재에 집중할 수 있는 에너지를 준다. 지금 여기, 나는 펜데믹 위기를 돌파해야 할 나를 찾는 것을 못 하는 것인가? 안 하는 것인가?

우리는 호흡이 다 하면 흙으로 돌아간다.
지금 여기에 누가 존재하고 있는가?

나 찾기, 못 하는 것인가?

우리는 직관적인 사고를 통해 나를 찾을 수 있다. 과학자들에 따르면 직관적 사고는 송과선pineal gland에 가까운 뇌의 영역에서 일어난다고 한다. 눈썹과 이마 중간에 위치하여 제3의 눈이라고도 불린다. 그 힘은 마음속 재잘거리는 마인드를 분별하는 데에 더욱 도움이 된다.

딘 쿤츠는 직관은 영혼과 함께 보는 것이라고 한다. 이러한 직관력은 우리 안의 영감이 떠오르고, 그것을 받는 순간에 일어난다. 뇌 진화 및 행동연구소Laboratory of Brain Evolution and Behavior: 미국 정신건강 연구소의 일부 감독 폴 맥클리언의 연구에 따르면 직관적 사고는 신피질에서 시작된다고 알려준다. 양쪽 뇌 반구의 요소를 가지고 있는 뇌의 특별한 부분이다.

과학은 이 주제를 계속해서 다루고 있지만, 신피질이 정확히 어떻게 작동하는지는 알지 못한다. 하지만 그 과정의 최종 결과는 현실에 대한 정확한 사실 파악이다. 주관적인 해석으로 인해 나 찾기를 못 하도록 짓누르고 있지는 않은가?

예를 들어, 온라인상에서 쓰는 글은 읽는 이의 감정대로 해석될 가능성이 높다. 내가 기분이 나쁜 상태이면 같은 문장도 기분 나쁘게 해석이 되기 쉽다. 온라인상의 어떤 글에 대해 사람들이 비난하며 사실 확인 없이 글에 대해 폄하하는 표현들을 봤다. 악의적으로 댓글을 달기도 하고, 선동되는 것도 봤다. 얼마나 사실이 왜곡되게 <해석>될 수 있는가를 보게 되었다. 나를 찾는 힘이 없다면, 본질에 집중하기 어렵기 때문에 정확한 사실 파악이 아닌 온갖 해석들이 들러붙어 확대 해석에 휩쓸리기 딱 좋다. 내가 할 일은 나의 내면에 주의를 기울이는 것이다.

마음이 통하는 사람들과의 관계는 코로나 시대를 이겨낼 힘이 된다. 모든 일은 사람을 통해서 온다. 그렇게 내가 나를 바라보고 내 안에서 해석의 흐름, 의식의 흐름을 알아차리는 노력은 그것을 더욱 빛나게 한다. 직관 즉 고요한 가운데 흐르는 자신의 느낌을 알고, 신뢰할 수 있기 때문이다. 보다 더 마음으로 연결되는 인간관계를 누리기 쉽다.

매일 연애하듯 나를 사랑한다는 것은 무엇일까? 진짜 나를 믿는 것이다. 내가 일 관련 문제로 고민할 때, 존경하는 김 선생님의 말씀이 떠오른다. "선생님, 그 느낌을 신뢰하세요. 내가 나를 믿어줘야죠!" 아뿔싸! 나는 나의 그 느낌들을 알아차려주기는 했지만, 믿어주지는 않았다. '이렇게 느끼는 게 잘못된 것일 수도 있어.' 하면서 말이다. 내가 나를 믿어줄수록 위기를 더 잘 돌파할 수 있었다. 내가 한 실수를 인정하는 힘도, 상대방의 무례함을 놓아버리는 힘도 거기에서 나왔다.

행복한 나라로 불리는 부탄은 국민 행복 조사 지수에서 GDP, 건강, 교육 여건 등의 객관적 지표가 아닌 정신적, 영적, 종교적 영역의 주관적 지표의 비중이 높다. 우리는 어디의 지표를 신뢰하고 있는가? 이 책을 쓰면서 드라마에서 배우들이 "드라마 보면 이런 대사 나오잖아요." 하는 것처럼 진부한 내용이라고 할 독자분이 있을지 모르겠다. 그러한 분들이 계실 수 있다. 당연히. 그것 또한 선택이다.

나는 아주 오랜 기간 타인의 탓, 상황 탓을 하며 성경책조차도 좋은 말 덩어리일 뿐이라고 생각할 때가 있었다. 그 시간이 너무나 아깝지만 아주 귀중한 시간이었다. 무섭고 두려운 레슨 선생님께 배우다가 세상 부드럽고 재밌으며 디테일한 선생님을 만났을 때의 환희처럼 소중했다. 진부함이라는 느낌에 걸려서, 내용을 적용하기보단 핑계를 대고, 내 마음을 느끼기보단 무시했다. 그러한 저항감이 나 찾기를 방해하고 안 찾게 만든다.

매일 숨 쉬듯 잠시 혼자만의 시간을 가지며 나를 알아가는 관계의 힘을 기르는 시간을 가지면 에너지가 바뀌고 창조적으로 된다. 새로운 것에 용기 있게 도전하게 되기 때문이다. 나는 나에게 최고의 정신력을 선물한다. 그 정신력은 코로나 시대를 이겨내는 힘이 된다.

나를 찾는
쉬운 스몰 스텝 3가지

성공 중독이란 말을 들어본 적이 있는가? 게임 중독, 마약 중독 등의 단어와는 달리 매우 괜찮아 보이는 성공이라는 단어에 덧붙여진 중독! 코로나 시대, 건강한 성공이란 무엇일까?

'노는 만큼 성공한다'의 저자 김정운 교수는 성공 중독은 '죽음에 이르는 병'이라고 하며 심리학자 퍼샬Pearsall의 성공 중독 다섯 가지 'D' 이야기를 한다. 결핍deficiency, 의심doubt, 분리detachment, 실망disappointment, 우울depression이다.

이 다섯 가지가 0.01%도 없는 사람이 과연 존재할까 싶고, 내겐 매우 익숙한 단어들이다. 나는 성공 중독이었다. 어릴 적의 지하 단칸방을 탈피하고 싶어 끝도 없이 워커홀릭처럼 일을 하며 보내기도 하고, 뭔가 수입이 줄어들지 않을까라는 두려움, 의심들이 강해서 바이올린 연습을 해도 손가락만 돌리던 연습들이 기억난다. 그때 충분히 안정감을 느낄 수 있는 도움을 받았더라면 어떻게 되었을까 생각해본다. 나는 선생님에 대한 기대 수준이 매우 높아 조금이라도 못 미치면, 선생님이 저러한 모습이면 안 되지 않나? 큰 실망감으로 관계를 단절하기도 했다.

내가 이루지 못한 것들에 대한 회한, 부에 대한 갈망들은 일 중독으로 드러나곤 했다. 돈 문제만 해결되면 내가 원하는 길로 갈 수 있을 거야 조건을 달며 나를 극한으로 몰고 가는 일이 다반사였다.

우리는 코로나 시대에 멘탈까지 탈탈 털리는 일들이 더러 일어난다. 무기력 혹은 용기가 나지 않는 나라면, 내가 나를 위해 어떻게 하면 좋을까?

첫 번째, 그냥 쉬어라!

뭔가 하나의 목표에 심취되어 그것만을 위해 달려갈 때는 전혀 쉴 수가 없다. 쉬면 안 될 것 같고 그만두면 하늘이 무너질 것 같기도 하다. 하지만 몸은 점점 망가지고 인간관계, 돈 문제, 일 문제들이 와르르 쏟아지기도 한다.

방법 하나. 코로나시대. 나를 찾아야 산다!!

돈 문제로 견딜 수 있는 가장 밑바닥까지 나를 끌어내려 모든 고통을 껴안았을 때 오히려 나는 담담했다. 그 돈 문제와 연관된 사람들에 대한 분노도 느껴지지 않았다. 후에 그 상처를 다루면서 나는 나 자신에게 매우 화가 나 있다는 것을 깨닫게 되었다. 한 선생님께서 나겸씨는 워낙에 파워가 있고 열정적이라 일과 돈 문제 관련의 것들이 터질 줄 알았다고 말씀하셨다. 내 삶에 터닝 포인트가 되는 사건들을 보면 항상 내가 겪은 뒤에 말씀하셨다. 그러한 일들을 경험할 줄 알았다고. 그러면 왜 그때 당시에 알려주지 않으셨냐고 여쭤면 동일한 대답이 돌아온다. '경험해봐야 알지, 귀에 안 들어가요. 직접 겪어봐야 깨달을 수 있어.'라고. 그때 필요한 것이 무엇이었을까 되짚어보면 내가 나와 진솔하게 대화하는 시간, 그냥 쉬어주는 시간의 부재였다.

　하루에 일정 시간만큼이라도 오롯이 그냥 쉬어주면 에너지가 충만해지는 때가 온다. 정신을 쉬어 주는 것, 그러면 선명하게 나의 삶을 되돌아볼 수 있는 힘이 생긴다. 그때 내가 삶에서 일어나는 부정적인 사건들 속에서도 긍정적인 교훈을 깨달을 수 있는 지혜를 발견한다!

우리 뇌는 언제 가장 창의적일까? 잭슨 루 박사의 <조직행동 및 의사결정 프로세스 Organizational behavior and Human Decision Processes> 3월호에 따르면 재밌는 실험 결과를 볼 수 있다. 금요일 오후 퇴근 직전 난데없이 창의적 사고가 필요한 두 가지 문제가 주어졌다.

- 시간의 절반은 1번, 나머지 절반은 2번 문제를 고민하는 데 사용한다.
- 미리 일정 간격을 정해놓고 1, 2번 문제를 번갈아 가며 고민한다.
- 적당히 알아서 시계를 보며 두 문제를 번갈아 고민한다.

독자분은 몇 번을 선택하겠는가? 만약 세 번째라면 위의 질문을 제시했을 때 수백 명의 사람들과 같은 답을 고른 셈이다, 세 번째가 최대한의 자율권과 융통성을 확보하는 방법으로 어느 한 문제를 풀다 막히면 언제든 다른 문제로 자유롭게 넘어갈 수 있는 형태이다. 하지만 두 번째를 선택한 부류가 최상의 결과물을 도출할 확률이 가장 높았는데 창의성을 요하는 문제에서 자기 마음대로 하는 방식은 자신도 모르는 사이 막다른 골목에 갇히기 쉽기 때문임을 알려준다.

이는 텔레비전에서 전달되는 영상을 수동적으로 받아들이는 것보다 책에서 작가가 생략해 놓은 부분을 마음껏 상상하는 것과 비슷하다. 시간을 정해놓고 자신이 좋아하는 놀이를 하자. 책을 볼 때도 글이 주는 메시지를 넘어서 나를 돌아볼 수 있는 사색과 상상의 힘을 발휘할 수 있다. 나중에 다시 읽어보더라도 글의 울림이 다르게 느껴지기 때문이다.

세 번째, 그냥 명상하라!

명상은 무슨 거창한 것이 아니다. 내면의 나 자신과 대화이다. 숙고이다. 호흡이다. 예전에 멍 때리기 대회를 본 적이 있다. 그것처럼 멍하게 나를 놓아둘 때 뇌는 숨을 쉬고 우뇌가 활성화되기 시작한다. 한 연구에 따르면 명상상태의 뇌가 정신적, 행동적인 면을 담당하는 뇌를 활성화 시키고 스트레스 지수를 낮춰주는 영향을 주는 것을 알 수 있다. 있는 그대로 호흡에 머무르며 우리의 생각에 혁신이 일어나게 된다.

오앤오 아카데미 설립자 프리타지는 이렇게 말한다. 고통이 태생적으로 자기중심적인 것에서 온다는 것과 계층, 종교, 국적 등의 표면적인 특징을 넘어서면 모든 인간의 경험은 하나라는 것, 그리고 모든 삶은 연결되어 있고 분리될 수 없다는 것이다. 고통이 자기중심적이기 때문에 외적 환경이나 상황에 상관없이 우리는 내면의 고통을 녹일 수 있다. 다양한 감정, 성공, 실패의 경험들 속 우리는 하나이기에 자비심이 탄생한다. 우리 존재는 모든 생명체와 우주와 함께 계속 춤을 추는 것임을 보면 우리 안의 깊은 감사함과 연결성이 깨어난다.

예전에 명상하고 난 뒤 뇌파를 찍어볼 기회가 있었다. 우뇌의 활성화가 80% 이상까지 치솟았다. 뇌의 효과적 반응을 위해 명상을 추천해 드린다. 일정 시간 뇌가 신나게 놀 수 있도록 도와주자. 나를 데리고 사는 내가 힘들지 않게 해 주는 것도 삶에 대한 예의이지 않을까. 비로소 묵묵히 내 삶을 보고 듣고만 있던 내면의 나를 찾고 발견할 때, 돌아다니며 나를 찾기 위한 외부적인 노력을 멈추게 된다. 내가 찾는 나는 이미 나의 가슴 속에 있다. 그저 내가 숨 쉬고 있음을 알아차리는 것 거기부터 시작이다!

양자 에너지
집중의 법칙

공감을 받으면 기쁘다. 이 공감의 힘은 전염된다. 하지만 부정적인 감정들 분노, 공포, 좌절, 슬픔 등에도 우리는 빠르게 전염될 수 있다. 그래서 그 정서적인 감정들에 쉽게 노출되고 전염되는 것을 심리학자들은 '정서 전염'이라고 부른다. 그 정서 전염은 선禪과 양자 에너지를 이해할수록 긍정적 정서를 나타내는 것이 쉽게 되고, 부정적 정서에는 신속하게 대처할 수 있다. 정서적 공감의 힘, 어디에서부터 찾을 수 있을까?

에크하르트 툴레의 <고요함의 지혜>에서는 "인간은 늘 무언가를 생각하고 행하느라 정신이 없다. 인간은 과거의 추억에 잠겨 있지 않으면 미래에의 기대에 가득 차 있다. 그런 와중에 문제로 점철된 삶의 미로에서 길을 잃어버리고 만다."라고 말한다.

지금 잠시 책을 내려놓고 편안하게 나의 삶을 한번 바라보자. 가장 절망스럽고 고통스러웠던 순간들 속에서 내가 어떻게 다시 살아났는지. 그 모든 고통 속에서 내가 솟아날 수 있었던 힘은 무엇이었는지 말이다. 삶의 경험에서 늘 선의적 의도를 발견할 수 있다.

우주로 인공위성을 쏘아 올리는 사업가 앨런 머스크는 초고속 인터넷을 전 세계가 저렴하게 사용할 수 있게 최첨단 인공위성을 계발한다. 내면의 호기심들을 자극하며 삶에서 그것이 현실로 드러나게 하고 있다. 전 세계적인 연결을 꿈꾸는 그의 위력은 어디에서부터 출발했을까? 선善을 통한 나 찾기의 힘이라고 생각한다.

일전에 60대 선생님께서 코칭 수업을 받으러 오셨던 때였다. 그 선생님께서는 많은 수행을 하셨지만, 더 깊이 있는 내면의 나를 발견하고 만나는 상담 시간을 가졌다. 배우자를 있는 그대로 마주하고 인정하며 받아들이는 것이 어떤 것인지를 가슴으로 체득하셨다. 많은 눈물을 쏟으셨지만, 훨씬 더 가벼워지셨으며 배우자가 사랑스럽고 존경스럽다고 말씀하셨다. 삶에서 만난 이들 중 자신에게 상처를 주었던 이들이 결국 나 자신의 스승임을, 배우자 역시 내 최고의 스승임을 깨달으셨다. 경청의 예술을 통해 내면에 귀를 기울이면 삶에 오롯이 감사함만이 존재한다. 사실이 아닌 내 안의 생각들, 해석들, 관점들로 인해 고통 받는 것에서 벗어난다.

그렇게 우리는 이미지가 아닌, 있는 그대로의 사람 대 사람을 만나고 교감하는 방법들을 배워 나간다. 펜데믹 시대, 우리는 보다 더 간결하게 나를 바라보며, 주관적인 해석들로 자신을 피곤하게 하지 않는 연습을 할 수 있다.

신비로운 양자 에너지

양자역학이란 무엇인가? 우리가 물리학자는 아니지만 양자 에너지는 보이지 않는 가장 작은 세계를 다루는 것이라고 할 수 있다. 그렇지만 우리가 사용하는 것들은 모두 양자역학의 원리로 만들어졌다고 볼 수 있다. 악기 연습을 극도로 몰입하면 시간이 언제 그렇게 흘렀는지 모르게 흘러있다. 시간에 따라 다음 상황을 예측하는 게 불가능한 것이 양자역학이다. 일단 입자란 누군가에게 전달될 수 있는 눈에 보이는 대부분의 물질이다. 파동은 한 번에 많은 수의 사람들에게 전달이 가능한 웨이브와 같다고 볼 수 있다.

덴마크의 물리학자 닐스 보어는 양자역학을 보고도 제정신인 사람은 그걸 제대로 이해 못 한 것이라고 했다. 또 다른 물리학자 리처드 파인만 역시 양자역학을 완벽하게 이해한 사람은 아무도 없다고 했다.

이중 슬릿이라는 실험이 있다. 입자라고 할 수 있는 공이 두 개의 구멍 중 하나를 통과하고자 할 때 뒤판에는 두 개의 구멍으로 통과했으니 두 개의 줄이 생겼을 것이다. 파동은 그 두 개의 구멍을 지나면 간섭무늬라 하여 여러 줄이 생긴다. 빛은 어떨까? 빛이 입자라고 알고 있던 과학자들은 간섭무늬가 생긴 빛을 보며 놀랐다. 빛은 파동이었다.

명백한 입자인 전자는 어떨까? 전자 역시 간섭무늬가 생겼다. 그래서 어디서 그 무늬가 생기는지 '관찰'하니 감쪽같이 간섭무늬가 사라졌다. 입자 역할 그대로 두 줄의 무늬만 생겼다. 보기 전에는 파동처럼 행동하다가 누군가가 볼 때는 입자로 행동한다!

바이올린을 연습할 때에는 잘하다가 무대에서 누군가 보고 있을 때는 안 하던 실수를 하는 것과 같다. 여기서 왓칭 즉 '관측'의 개념이 생긴다. 전자처럼 작은 아이들은 빛을 받으면 관측 자체가 큰 영향을 미친다. 파동이 입자가 될 정도로 말이다. 빛과 전자가 만나는 순간, 변화한다!

내가 나를 양자 에너지적 관점으로 바라보면 어떻게 될까? 그것도 긍정적인 감정, 힘이 되는 느낌, 기분이 좋아지는 느낌으로 바라보면 어떻게 될까? 힘들고 어려운 상황에서조차 빛을 따라가는 희망의 눈으로 나를 찾으면 어떻게 될까? 그럴 힘조차 없을 때는 쉬어가는 마음의 눈으로 바라보면 어떻게 될까?

상상하는 힘과 함께 나를 사랑의 눈으로 바라보는 연습을 나는 매일 10~15분 정도 한다. 그러면서 내 안의 긍정성과 용기가 차오르는 것을 느낀다. 그 힘으로 여러 프로젝트를 해내기도 하고, 하나에 몰입하는 힘도 더 강화된다.

그렇게 빛의 파동처럼 자유롭게 나를 좋은 시선으로 바라보며 근원의 나를 알아가 보기에 집중해 보자. 코로나 시대, 양자 에너지와도 같은 나 찾기의 힘! 결국 내 안의 믿음에 대한 발견임을 깨닫게 된다.

쉽고 단순하게 꾸준히

나를 찾는다는 건 신뢰이다. 펜데믹 시대를 돌파할 힘을, 선택하는 힘을 기르는 것이다. 내가 힘을 쏟는 것은 나를 사랑하는 느낌을 채워가는 것과 나의 인간관계를 진솔하게 해나가는 것이다. 내가 나를 찾는다는 것은 성공적인 삶에 대한 기준을 명료하게 하는 것이고 내가 원하는 가치로 살아가는 것이다. 이것은 내가 나를 찾는 데 있어서 쉽고 단순해야 한다는 것을 의미한다.

도전과 창조, 내 삶에 대한 책임과 꾸준함은 나를 성장하게 한다. 보다 더 건설적이 되게 한다. 나 찾기를 위한 힘의 30%는 쉽고 단순한 행동이고 70%는 인내심이다. 가장 쉬운 것으로, 매일 나자신과 소소한 대화를 나누는 것이었다. 내가 무엇을 먹고 싶은지, 누구를 만나고 싶은지, 어떤 휴식을 하고 싶은지 그렇게 조금씩 내가 나에게 끊임없이 다가갈수록 안전지대를 벗어나는 용기를 갖고 삶을 도전할 수 있었다.

열쇠는 유대감이다.

코로나 시대 비대면으로 인해 사람들은 더욱 외로움을 느끼기도 한다. 이런 상황에서 우리는 마음을 어떻게 연결되게 할 수 있을까? 우리에겐 감정이 있다. 그러한 감정적인 부분들을 자각 연습을 통해 유대감을 느끼는 것에 대해 더 생각해 보자.

미국 브라운 대학 인류학 부교수이며 인류학과 과장인 다니엘 조던 스미스는 나이지리아에서 수행한 작업으로 미국 인류학 협회상을 받았다. 나이지리아 남동부, 이그보 어를 사용하는 문화권에 대한 연구에서 이렇게 정의하기도 한다. 이그보 족의 사랑은 전통적으로 어린 나이에 결혼하고 가족과 친척들이 결혼을 주관해 왔는데 요즘은 젊은이들이 배우자를 직접 선택하는 추세라고 한다.

결혼에서 사랑이 점점 더 중요해지는 추세임에도 이그보 족에서는 여전히 세 가지 규범 즉 모든 사람은 결혼해야 한다는 사회적 기대가 존재한다는 것과 결혼이 두 혈족 간의 동맹으로 부모가 성공적인 결혼의 중심 역할을 한다는 것이다.

　이러한 규범 속에서 성공적인 결혼은 개인적인 관계보다 훨씬 더 많은 요소에 의해 결정된다는 것이다. 사랑은 달처럼 가득 찼다가 이지러질 수 있지만 혈족의 유대, 공동체의 의무 등이 중요한 요소일 때는 깨질 가능성이 줄어든다. 물론 행복한 결혼인가는 다른 문제이지만 이그보 인에게는 사랑이 가장 중요한 문제는 아니었다고 알려준다.

　나는 여기서 이그보 족은 부족의 유대감에 무엇이 중요한지 자각함으로써 그것을 키워나간다고 생각한다. 비대면 시대의 삶 속에서도 서로의 유대감을 느끼고, 경험하는 시간은 오히려 더욱 중요해졌다. 코로나 이전 시대에 당연하게 여겼던 삶이 얼마나 감사한 것인지 깨닫게 해 주기 때문이다.

신념이 나의 현실로 나타난다. 그러니 꾸준하게 나를 찾자!

이렇게 온택트 시대가 될수록 마음속 신념에 따라 외부적인 환경을 변화시켜 나갈 수 있다. 마음공부의 기초 서적으로 불리는 <왓칭>에서는 한 심리학자가 자녀를 대상으로 한 실험이 나온다. 그는 '지극히 평범한 아이를 천재로 만들 수 있을까?'라는 호기심을 실험해 보고자 했다. 그래서 <저와 결혼해 주실 지극히 평범한 여자분 급구. 천재 만들기 실험용 아기 낳아주실 여자분>이라는 광고를 냈고, 과연 누가 지원할까 싶은 이 광고를 보고 나타난 여자와 만나 결혼을 하고 첫 딸을 낳았다. 그리고 셋째 딸까지 체스 천재로 키우기로 한다. 그가 깨고 싶었던 것은 무엇일까? 지능이 유전된다는 고정관념!

천재성을 이끌어내는 힘은 동기유발이라고 보고 자녀가 체스를 하고 싶어 도저히 못 견디게 되어 울고불고하면 조금씩 알려주었다. 학교에 보내지 않고 집에서 부인과 함께 가르치며 주입식 교육과 고정관념에 물드는 것을 차단했다. 주입식이 아니라 스스로 재미를 느껴 깨우치도록 자극만 주는 방식을 택했다. 세 딸은 십 대 시절 세계 최고의 체스 명인 자리에 올랐다. 그것도 셋째 딸은 세계 최연소였다.

어느 아이든 천재가 될 수 있다고 바라보면 천재가 된다는 아버지의 신념이 정확히 현실로 나타나는 순간이다. 헝가리 교육 심리학자 폴카의 이야기이다.

의심이 없이 그저 있는 그대로 나를 남처럼 바라보는 연습도 중요하다. 그게 나를 사랑하는 것의 체득에 있어서 가장 중요한 핵심이었다. 의심 없이 바라보는 것. 그것은 믿음과도 직결된다. 그 믿음이 나와 남을 하나로, 또 제3자로도 자유롭게 느낄 수 있게 하는 힘이다.

한 번도 경험해 보지 못한 코로나 시국을 경험하면서 불안감이 엄습해 오거나 비대면에서 오는 어떤 외로움이 밀려올 때, 내 안에서 내 감정들을 내가 먼저 바라봐 주고 공감한다. 인정하고 받아들인다. 그러면 신기하게도 마음에 여유 공간이 생긴다. 그 여유로 '숨'을 쉬며 나는 위기를 극복할 수 있음을 본다. 내 안의 긍정성이 있음과 좋아하며 할 수 있는 것에 집중할 힘이 있음을 본다. 그 바라봄이 믿음임을 깨달으며 오늘도 나의 내면에 고요하게 집중하는 시간을 가진다. 이것은 수용적인 에너지와 별개로, 내가 타인에게 휘둘리며 타인의 말과 행동에 조정되지 않는 것을 뜻한다. 결국 세상에서 내가 나의 가장 든든한 친구가 되는 것이다.

Chapter 02

방법 둘,
미래가 보였다
나를 찾은
1%의 소수가 되라

'나'를 찾은
1%의 공통점

나를 찾은 1%는 자신이 왜, 무엇을 위해 존재하고 있는지 명료하게 알고 있다. 자신이 하는 일이 누군가의 삶을 변화시키고, 더 나은 모습으로 살아가게 도우며 세상에 태어난 미션을 잘 알고 이해하고 있다. 그리고 단순하게 모든 일에 대해 초점이 분명하게 설정되어 있다. 그래서 남의 말에 휘둘리지 않는다.

내가 만족시켜야 할 대상은 누구인가? 나는 무엇을 가치 있게 생각하는가를 분명하게 알고 행동한다. 그래서 군더더기가 없다. 타인이 말하는 성공, 타인의 잣대가 아닌 내가 나를 어떻게 바라보고 성공을 어떻게 해석하는가이다. 수시로 나 자신과 대화 나누며 나 자신을 친절하게 대하는 것은 자연스럽게 타인에게도 드러난다. 그렇게 나를 찾은 분들에게서 나는 공통적인 특징을 발견했다.

내면의 나를 잘 데리고 산다.

지우 글밭 캘리그라퍼 박소윤 대표님은 이러한 말씀을 해 주신다.

매일 아침 눈을 뜨고 자기 전까지 글씨를 쓴다. 오늘은 뭘 써볼까? 스마트폰 앵글에 담은 사진 여백에도 어떤 글을 써볼까? 하며 설레고 즐거운 고민을 하며 매일 글을 쓴다. 행복한 일을 하며 사는 삶이 성공한 삶이라 생각한다. 하지만 좋아하고 설렌다고 그 일을 한다는 건 돈을 버는 것과 거리가 멀 수 있다.

그럴 때 나를 위한 여가를 만들어보자. 새로운 관점을 열어준다. 복잡한 생각과 고민을 잠시 잊게 해 주는 즐거운 시간이다. 여가를 통해 만난 캘리그래피는 나에게 벗, 힐링, 나였다. 그것으로 인해 책을 보게 되었고, 그림을 그리게 되었고, 사진을 찍게 되었고, 내가 바라보는 삶의 시선이 아름답게 되어 글을 쓰게 되었다. 벗이 되어준 예술의 길 캘리그래피에게 참 고맙다.

당신에게 말해 주고 싶다! 가슴이 시키는 일을 해 보라고 말이다! 그러나 여가생활이 나의 벗이 되어도 가끔 권태가 온다. 그 권태를 넘기는 방법은 즐겁고 설렜던 그 순간을 다시 생각해 보는 것이다. 가끔은 일을 멈추고 쉬어가며 여행을 통해 쉼표도 찍으면서 그렇게 나를 사랑하고 보듬어 보라!

그렇게 하루하루 나를 발견하며 스스로 나의 길을 개척할 수 있

었다. 즐거운 캘리그래피 일을 하며 나만의 삶의 전체 평면도, 그리드를 만들어 가다 보니 2018년 9월 내 생애 첫 출판을 했다. 그것 또한 설레는 일이었다. '노크 두 번 마음 한걸음 캘리그래피'라는 책 제목처럼 나 자신에게 한 걸음 한 걸음 다가가자. 내가 나를 잘 들여다보고 자신에게 즐거운 오늘을 줄 수 있도록 말이다.

1%씩 〈진실〉로 행진한다!

디지털 노마드 캠프 설립자 권중현 대표님은 타인의 성공이 아닌 나 자신에게 정직한 성공, 나를 발견하는 힘에 대해 이렇게 말씀해 주신다.

"내가 생각하는 진정한 성공은 타인이 정의하는 것이 아닌 내가 정의하는 것이다. 나는 매일 성공한다. 매일 1% 성공하자 마인드로 성공 기준이 남과 비교되는 것을 항상 조심하고 성공 기준을 외부에 빼앗기지 않으려 한다. 성공의 기쁨은 성취에서만 오는 것이 아니라 '과정'에서 온다."

20대부터 삶에 대한 많은 혼란 속에 사업을 통해 만족하는 돈도 벌어보고 다시 잘못된 선택을 통해 모든 돈을 잃기도 했다. 그는 성공적인 삶에 대해 새롭게 정의한다. 오로지 '진실'만 남는다는 것이다. 내 안의 진짜인 것!

패션, 음식, 예술, 금융, 건설, 생활용품 등 다양한 분야의 시장이 있지만 경험을 통해 절대 변하지 않는 깨달음은 <진실>이라는 마음과 태도였다. 큰 규모의 멋진 사업이 중요한 것이 아니라는 배움이 있었다. 오로지 남는 것은 나의 행동이 마음속에 진실인가, 거짓인가라는 경험이다. 그 마음이 소비자를 향한 거짓들이었는가? 진실들의 한 땀, 한 땀 행보였는가? 이 진실이 지금의 하루, 현재를 살아가게 하는 원동력이다. 성공적인 사업을 이루기 위해 가장 효율적인 방법론, 성공적인 경험을 통한 여러 가지 강의와 노하우 등 이런 것들은 사실임과 동시에 사실이 아닌 경우가 많다.

코로나 시대에 이보다 더 효과적인 방법과 선택은 자신에게 진실인 행동들을 많이 발견하는 것이다. 각자 가지고 있는 분야에서 하루 1%씩 성공을 이루어 낸다면 분명 우리는 공동체가 가지고 있는 많은 문제를 조금씩 해결해 나갈 수 있다. 각자의 선택에 두려움에 타협한 현실보다 항상 진실한 용기와 도전을 선택하라!

이분들의 공통점은 나 자신이 무엇을 이야기하고자 하는지 명료하게 안다는 것과 설령 그것이 지금 빛을 발하기 전이라 하더라도 흔들림 없이 앞으로 나아간다는 것이다. 자신을 정말 좋아하고 사랑하면서 나아가는 이들. 그들에게는 밝은 얼굴빛이 있다. 생기가 있다. 그리고 경거망동하지 않는다. 알아갈수록 엄청난 고통을 겪고 인내하고 깨달음으로 중무장되어 있었다. 그래서 리더의 역할들을 소신껏 해나가고 있다고 생각한다.

내가 예전에 어떤 멘토님께 "저의 이 삶의 고통은 언제 끝나요."라며 속으로 눈물을 흘리며 대화를 나눌 때 "너의 그 역경과 시간이 훗날 많은 사람들에게 힘과 격려가 될 거다."라고 하셨다. 하지만 그때도 나는 이제 그만 겪어도 되는데 너무 힘들다며 하소연했던 때가 떠오른다. 그분의 속뜻을 이제는 안다. 내가 진짜 나를 찾고 만난 진실, 그 힘의 위력을 깨닫는 과정이었다는 것을 말이다.

종이에 연필로 '나'라는 사람에 대해 무엇이라도 적어 보자. 수정과 같은 결정 구조를 지닌 연필심, 흑연의 지구에너지와 함께. 내가 무엇을 좋아하는지, 어떤 삶을 살고 싶은지, 지금 할 수 있는 것은 무엇인지 마음의 문을 열고 있는 그대로의 나를 찾겠다는 의도만 있다면 어려움을 인내하는 힘, 돌파할 수 있는 창조력, 두려움을 잊는 용기들이 말을 건다.

17초만 참아도
인생이 바뀐다.

사람들은 상처가 되는 기억을 복기하는 것이 치유라고 생각을 하기도 한다. 우리는 왜곡된 기억 속에서 보고 싶은 대로 보는 필터링하기도 한다. 내가 어떤 상처를 입었는지를 기억하는 것이 아니라 그 사건, 상황들을 통해 무엇을 깨달았는지를 아는 것이 중요하다. 결국 모든 사건과 사고, 상처와 상황들은 나를 찾고 깨닫는 여정을 향해 있기 때문이다. 상처들의 나열이 아니라 그 일들을 경험하면서 내 안을 정직하게 살펴봄으로써 나를 인정하는 것이다. 그리고 그게 인내이다.

나에게 상처를 준 사람이 어떻게 스승이 될 수 있을까? 그 당시에는 정말 어이가 없고 황당한 사건이라 할지라도 진실은 내가 그 사건을 끌어당긴 것이라고 할 수 있다. 나는 왜 그러한 사건을 무의식적으로 끌어당겼을까? 물론 의미 없이 <그런 날>이라고 할 수 있는 일들도 더러 있다. 하지만 어떤 패턴이 반복되는 것을 자각한다면 그것은 내가 끌어당긴 것이 된다. 내게 주고자 하는 교훈이 있기 때문이다.

예전에 바이올린 관련해서 어떤 학부모님의 질문 글에 대해 의견 글을 쓴 적이 있다. '좋은 선생님을 만나는 법...?'이란 주제로 적었는데 그 점들에 대해 경험을 기록하면서 내 삶을 한 번 더 돌아볼 수 있었다. 가장 많이 화가 나는 순간에도 내가 만나는 모든 사람이 결국에는 스승과도 같음을. 내가 쓴 글은 아래와 같다.

나는 내게 필요한 경험을 한다.

"30여 년 동안 바이올린을 만지면서 수십 명의 교수님을 만나고, 수백 명의 학생을 가르치면서 만나게 된 경험을 토대로 저의 경험들이 조금이나마 도움이 되셨으면 해요. 예중 전체 수석을 하고 실기성적이 조금 떨어졌을 무렵 아주 스위치가 켜지듯 마음의 한구석에서는 선생님 탓의 목소리도 들립니다. 선생님을 바꾸게 되죠. 입시 때마다 교수님들께서 돌아가시게 되거나 교환교수로 가시게 되거나 어떨 때는 하루에 4명의 선생님께도 사사해 보기도 하고

많은 시행착오를 겪기도 합니다.

가장 중요한 것들은 이것입니다.

0. 내게 필요한 경험을 만난다.

기본기가 부족하건, 선생님이 말씀하시는 것을 잘 이해 못 하건다
른 선생님에게 가서 기본기 부족 소리를 듣게 되건 모두 내게 이로
운 선물과 경험을 준다는 것을 직시하는 것입니다.

1. 그럴 때 배우게 되는 모든 이에게 감사함을 갖게 됩니다.

어떤 학생은 한마디만 해도 즉, '노래 불러라.'라고만 해도 찰떡같이
알아듣고 보잉의 유려함이며.. 보우 스피드며.. 음색이며.. 비브라토
색채며.. 연주합니다.

　하지만 어떤 학생들은 구체적으로 어떻게 짚어서, 어떤 보우의
스피드로, 어떤 느낌을 가지고, 어떤 보우의 위치에서 사용하는 것
이 베이스가 깨끗하고 음악성 있게 들리는지를 하나하나 세세히
가르쳐 줘야 할 경우도 있습니다. 혹은 그렇게 세세하게 가르쳐 주
시는 선생님을 만나게 될 때 그전 선생님들에게도 감사함을 갖게
됩니다. 얼마나 가치 있는 것인지 깨닫게 되니까요.

2. 지금 배우는 선생님에게 아주 깊은 배우고자 하는 태도를 갖
　습니다.

이것은 매우 중요한데요. 시기와 우연히 만나서 또 다른 인연을 만

나게 될 때도 아주 좋은 매듭과 새로운 시작을 하게 하는 데에 이 모든 에너지는 도움이 됩니다. 그동안 배운 선생님에게 깊은 감사를 표하며 새 선생님을 만나게 되는 안목이 여기에서 길러집니다.

3. 자녀에게 잔소리 즉, 하고 싶어서가 아닌 해야 한다고 주입하고 있는지를 관찰합니다.

내가 자녀에게 어떤 부모로서 서포트하고 있는지를 자각하는 것은 매우 중요합니다. 아이가 원해서 시작했건 부모의 권유로 시작했건 음악을 사랑하는 마음이 잘 자라날 수 있도록 하는 것이 아니라 말라비틀어진 줄기처럼 어쩔 수 없이 하는 것을 멈추게 하는데에 도움이 됩니다.

이러한 코드, 학생의 태도, 부모님의 올바른 서포트, 진심 어린 아이 성향에 맞는 섬세한 티칭의 교수진은 잘 맞는 톱니바퀴처럼 잘 굴러가게 됩니다. 20여 년 이상 너무나 사랑하는 스승님들의 관계를 제가 맺어오고 있는 것처럼요. 이외에도 다른 노하우가 있을 수 있지만, 기본기가 중요하듯 위의 기본적인 부분들이 충족될 때 보는 안목이 자녀가 누군가에게 배울 때도, 자녀가 누군가를 가르칠 때도 점점 길러지게 됩니다.

저 역시 늘 배우며 성장하고요. 모쪼록 좋은 선생님과 행복한 음악, 감동을 주는 연주가로 발돋움하길.. 바이올리니스트를 넘어 내가 하는 것, 창조하는 것들에 대해 진심으로 행복할 수 있도록 말이에요."

내가 만나는 모든 사람이 귀한 스승이 된다는 것을 알 수 있다. 사람들을 통해 배우고 깨닫는 경험은 그 무엇과도 바꿀 수 없는 귀한 나 찾기의 동력이 된다.

17초의 힘!

내게 힘을 주는 사람들을 만난다는 건 참 행복한 일이다. 하지만 나와 다른, 다시는 안 만났으면 하는 사람들도 있다. 그때는 배움의 기회이다! 왜냐하면 그러한 사람들에게서 내 안에 그런 점이 있지는 않은지 살펴볼 절호의 순간이 되기 때문이다. 그렇게 나를 찾으면서 나 자신에게 진실해질 때 얻는 것이 많다. 내가 깨닫지 않으면 사람만 바뀌는 채로 비슷한 패턴의 경험을 반복하며 에너지 고갈을 겪기 때문이다.

만나는 모든 사람을 내 인생의 선물과도 같은 스승으로 여기기 힘들 때, 욱하게 될 때, 자존감을 갉아먹는 생각들이 찾아올 때, 잠시 그것을 멈추고 17초만 호흡에 집중해 보자. 특히, 화가 나는 상황에서 17초만 호흡으로 단련해도 나의 에너지와 상황이 변한다. 욱하고 뇌를 거치지 않고 말을 다 해버려서 상황을 악화시키는 것이 아니라, 내가 나를 어떻게 여기고, 상대방을 어떻게 여기고 있는지 나의 내면으로 시선을 돌려, 손전등을 비추고 보는 것이 훨씬 이득이다. 침착해진다. 휘둘리지 않는다. 좋아 보이는 나로 포장하려 하지 말고, 호흡에 집중하면 어느덧 숨이 고르게 된다.

삶이 얼마나 성장할 수 있을까? 호흡에 마음의 문을 스스로 열어보자. 그러면 놀랍게도 내면의 힘이 강해지기 시작한다. 나답게 사는 삶의 시발점이 된다. 그것이 변화의 시작이자 끝이다. 선택과 경험만이 존재하는 세상으로의 여정이다. 처음에는 3초부터 시작해 보자. 17초로 점진적으로 늘려보자. 연습하면 할수록 호흡을 고르는 것이 익숙해진다.

모든 위대한 사람들은
원래 작게 시작했다

당신이 반복적으로 하는 일, 그것이 바로 당신이다. 그러므로 탁월함은 행동이 아니라 '습관'에서 나온다.

_아리스토텔레스

한 사람이 일생 동안 나를 찾기 위해 사용하는 고요한 시간을 하루 5분 모으면 그 시간의 양이 얼마나 될까? 10년간 매일 숨 쉬듯 그러한 습관을 지녀간다면 18,000분, 300일이라는 시간이 나온다. 그것을 만약 어지러운 집에서 물건 찾는 데에 보낸다면? 그 긴 시간을 어디에다 둔지 잘 몰라서 물건 찾으면서 소비하게 되는 300일이 된다.

히든싱어 6 모창 능력자 왕중왕전에서 우승자는 비의 모창자였는데, 비는 욕심부리지 말고 네가 할 수 있는 것에 최선을 다하라고 조언했다고 한다. 욕심을 부리느라 내가 지금 최선을 다해야 할 것들을 무시하지 말고, '지금' 불필요한 것을 버리고 내가 할 수 있는 것을 찾자. 내가 아닌 나로 살아가느라 애쓰는 것을 버리는 습관을 들이자. 나를 찾는 데에 자투리 시간을 사용함으로 이미지에 나를 끼워 맞추는 것이 아니라, 매일 작게나마 나를 위한 시간을 통해 누구나 내재되어 있는 탁월함에 가 닿을 수 있다.

매일의 작은 배움의 습관

현재 수백 명의 심신치료사, 해독전문가인 최금숙 대표님은 오랜 기간 사용해 온 심온이라는 닉네임처럼 따뜻한 심장과 냉철한 두뇌를 지니신 분이다. 워낙 가난하고 상황이 어려운 집의 막내로 태어나 줄곧 빈곤 속에서 성장했지만, 스스로 가난해서 불편하거나 부끄러웠던 기억이 없는 건 엄마의 완벽한 사랑과 보살핌 덕이 아닌가 싶다고 말한다.

"세상과 나 사이에 가림막처럼 지켜주신 그 보호 속에서 한 번도 지적 받거나 혼난 기억이 없는 거 보면 정말 도인인 건지 사느라 경

황이 없어 못 하신 건지 분간이 약간 모호하기도 하지만 말이다. 고교 졸업 후 바로 생활 전선에 나선 건 엄마를 봉양해야 한다는 이른 철듦이었다. 그리고 자신을 이끌어갈 아무런 기대치가 없었기 때문이었다. 그때부터 의류매장 판매원, 경리 일들을 거치다가 '이대로의 삶은 아니다' 싶어 일본 유학길을 결정했다. 돈이 없어 편도 행 비행기 비용만 가지고 떠났다. 3~4가지 아르바이트를 하면서 시작된 유학 생활을 시작했다. 신세계백화점과의 인연으로 졸업 후 특채로 입사하고 2년 후 이 또한 아르바이트의 인연으로 국내에서 처음으로 1988년 미치코 런던이라는 브랜드로 회사를 오픈하게 되었다.

십수 년간 사업을 이어오면서 물리적 성공을 달성했지만 일차적 목표 후의 허무감으로 마음공부에 몰입했다. '아바타'라는 의식 개발 프로그램의 안내자로 보낸 세월이 또 십 년, 이 또한 채워지지 않는 갈증으로 51세 나이에 다시 뉴욕으로 유학, 사회심리학을 다시 체계적으로 공부하고 학기 중에 돌아와 중증의 환자들을 심리 치료했다.

신체와 정신. 이 둘은 하나이다. 온전한 건강을 위한 공부와 실전을 지금도 꾸준히 하며 돌이켜보면 내 삶의 중심 키워드는 공부와 일이었다. 끊임없이 무언가를 배우고 그것이 일이 되어 현실을 이어가고 그 속에서 많은 깨달음과 성장을 이어가는 것이다. 그래서 옛 성현의 매일매일 배움이 이 또한 즐겁지 아니한가를 늘 상기한다. 자신의 성장을 알아차리고 그것을 계속 이어가는 것 그것이 진정 오늘을 잘 살아낼 수 있는 비결이라고 말한다. 나는 이것이 이 시대에 진짜를 살아내는 힘이라고 생각한다."

지나온 삶을 되돌아보면서 자신을 돌아보는 시간을 가지며 나와 삶의 <조화>에 대해 깊이 생각해 볼 수 있었다. 내가 나에게 줄 수 있는 가장 큰 선물은 그렇게 나에게 더 나아질 수 있는 기회를 주는 것 아닌가 싶다.

내가 무엇에 매력을 느끼는지 나를 아는 겸손의 습관

인디애나 음대 반주과 객원 교수인 유병희 교수는 이렇게 말한다.

"내 인생에서 성공의 의미는 내가 하고 싶은 일을 꾸준히 해서 그 일로 경제적 활동이 가능하고, 그 일을 하면서 행복감을 느끼고, 이 분야에서만큼은 내가 최고가 되는 게 성공이 아닌가 한다. 내가 성공했다고 감히 말하기는 어렵지만, 한 길만을 꾸준히 지금까지 해왔고, 지금의 내 일을 하면서 행복하고, 경제적으로 어려움은 없으니 감사하게 생각한다.

반주자라는 직업이 15~20년 전만 해도 피아니스트들에게 각광받는 직업은 아니었다. 하지만 나는 악기를 연주하는 친구들, 성악을 하는 친구들과 함께 연주하면서 혼자서 연주하는 솔로 피아니스트보다 반주자에 더 큰 매력을 느꼈다. 그 당시에는 반주 잘하는 반주자가 되고 싶어서 바이올린 소나타 한 곡을 배우기 위해 여러 장의 CD를 돈을 모아 사서 수십 번 수백 번씩 들었던 기억이 있다.

한국에서 반주학과 석사를 졸업하고, 반주라는 세계가 좋아서 배우기만 해도 너무 행복할 거란 생각에 열심히 연습하고 결국 줄리아드를 장학금 받고 유학을 갔다. 운이 좋았다고 표현하며 전액 장학생 박사도 하게 되었고, 지금은 풀타임으로 객원교수로 재직 중이다.

하고 싶은 일을 끝까지 포기하지 않고 지금까지 해 온 것이 성공이라면 성공이라고, 배움에는 끝이 없다고 하지 않는가? 지금도 피아노 연습을 하고, 배우려고 늘 노력하는 중이다. 지금, 이 순간도 내가 하는 일에 감사하고 행복하고 열정을 갖고 있다. 나름 성공한 삶이라고 생각한다.”

하는 일마다 성공하는 위대한 사람들에게서는 공통적인 특성이 있다. 지극히 겸손하고 운이 좋았다고 표현할 정도로 고강도의 노력을 한다는 것이다. 그 작은 노력의 반복적인 패턴의 일에서도 창의적인 힘을 사용한다. 맹목적이 아닌 작은 효율성을 극대화한다. 작더라도 내면의 목소리에 귀를 기울이며 그게 에고의 재잘거림이라 할지라도 오롯이 경험을 통해 앞으로 나아간다. 그러한 사람들을 통해 배울 수 있는 것들은 매우 축복이다.

그들은 타인에게 힘을 주듯 자기 일에서 성공 경험을 거둔다. 그 안에서도 끊임없이 겸손하며 자신의 상황을 혁신시킨다. 그것이 곧 지혜이리라. 처한 문제를 오롯이 자각하고 지혜의 힘과 연결되어 원하는 것들을 이룬다.

나 찾기와 사업은
다르지 않다.

사랑하는 나의 어머니는 방탄소년단의 팬이다. 어느 날 BTS에게 입덕하셨다고 하시며 방시혁 대표가 매우 똑똑하다고 하셨다. 매일 음악과 유엔 연설, 방 대표의 영상을 보시며 탄복하고 탄복하신다. 무엇에 열광하는 것일까? 관심이 없던 나도 노래를 흥얼거리게 된다. 꿈이 없었다고 표현하는 그의 직언들은 참 신선했다. 내면의 자신을 명료하게 찾은 힘은 그가 내면의 어떤 지점에서 에너지가 생기는지를 알 수 있다.

방시혁 대표는 오늘날 자신을 만든 힘은 '분노'라며 "무수한 부조리와 몰상식이 존재한다. 분노의 화신인 나, 방시혁처럼 여러분도 분노하고 맞서 싸우기를 당부한다. 그래야 문제가 해결되고, 이 사회가 변화한다."라고 했다. 이 포스트 코로나 시대, 그의 정신력은 더욱 빛을 발하지 않는가. 그는 어떤 나 찾기의 힘이 있었을까? 축사에서도 잘 드러난다.

자신에 대한 명료한 자각

"{중략}... 많은 사람이 어렵다고 하는 미학과 수업이 너무 재미있어서 중학교 때부터 해왔던 음악은 뒷전으로 밀렸고 음악을 직업으로 하겠다는 생각은 완전히 잊게 됐습니다.

그랬던 제가 어쩌다 음악 프로듀서가 되었을까요? 사실 기억이 잘 안 납니다. 많은 분께서 서울대생이 음악을 직업으로 삼기까지는 대단한 에피소드나 굉장한 결단이 있었을 거라고 추측하시는데, 사실 아무리 돌이켜봐도 그런 결정적인 순간은 없었습니다. 그냥 흘러가다 보니 어느새 음악을 하고 있었다는 게 가장 적절한 표현 같습니다. 정말 허무하죠? 저는 그렇게 허무하게, 뭔가에 홀린 듯 음악을 시작했습니다... 우스운 게 독립한 후에도 수많은 선택지가 있었는데 왜 회사 차리는 것을 선택했는지 그 이유도 잘 기억이 나지 않는다는 겁니다.

서두부터 제 얘기를 이렇게 길게 한 이유는, 제 인생에 있었던 중요한 결정들, 훗날 보면 의미심장해 보이는 순간들이 사실은 별 의미가 없었다는 것. 때론 왜 그런 선택을 했는지 이유조차 기억나지 않는다는 말씀을 드리고 싶어서였습니다. 저는 사실 큰 그림을 그리는 야망가도 아니고, 원대한 꿈을 꾸는 사람도 아닙니다. 좀 더 정확히 말하면 구체적인 꿈 자체가 없습니다. 그러다 보니 매번 그때그때 하고 싶은 것에 따라 선택했던 것 같습니다.

...여러분! 저는 꿈은 없지만, 불만은 엄청 많은 사람입니다. 얼마 전에 이 표현을 찾아냈는데 이게 저를 가장 잘 설명하는 말 같습니다. 오늘의 저와 빅히트가 있기까지, 제가 걸어온 길을 되돌아보면 분명하게 떠오르는 이미지는 바로, '불만 많은 사람'이었습니다. 세상에는 타협이 너무 많습니다. 분명 더 잘할 방법이 있는데도 사람들은 튀기 싫어서, 일 만드는 게 껄끄러우니까, 주변 사람들에게 폐 끼치는 게 싫어서, 혹은 원래 그렇게 했으니까라는 갖가지 이유로 입을 다물고 현실에 안주하는데요. 전 태생적으로 그걸 못 하겠습니다. 제 일은 물론, 직접적으로 제 일이 아니어도 최선이 아닌 상황에 대해서 불만을 제기하게 되고 그런데도 개선이 이루어지지 않으면 불만이 분노로까지 변하게 됩니다."

자신을 찾으면서 만난 불만의 힘을 이미 발견했기 때문에, 건강하게 사용할 수 있는 열쇠를 자신이 갖는다. 자신을 보는 것이 전부이기 때문이다. 그는 단어로는 얼마 전에 이 표현을 찾아냈겠지만 이미 무의식적으로 알고, 행동하는 것이다.

불필요한 에너지 소모는 차단하며 오로지 현재에 집중한다.

계속된 축사에서 눈여겨볼 또 다른 것이 있다.

"... 최고가 아닌 차선을 택하는 '무사안일'에 분노했고, 더 완벽한 콘텐츠를 만들 수 있는데 여러 상황을 핑계로 적당한 선에서 끝내려는 관습과 관행에 화를 냈습니다. 그중에서도 저를 가장 불행하게 한 것은 음악 산업이 처한 상황이었습니다. 이 산업은 전혀 상식적이지 않고, 불공정과 불합리가 팽배한 곳이었습니다. 음악을 직업으로 삼고, 이 세계를 알아가면서 점점 저의 분노는 더 커졌습니다. 제가 세상에서 가장 사랑하는 음악이 세상으로부터 부당한 대우를 받고 이용당하고 있는 느낌을 받았습니다.

　... 저는 늘 분노하게 되고 이런 문제들과 싸워 왔고 아직도 현재 진행형입니다. 저는 혁명가는 아닙니다. 다만, 음악 산업의 불합리, 부조리에 대해서 저는 간과할 수 없습니다. 외면하고 안주하고 타협하는 것은, 제가 살아가는 방식이 아닙니다. 원대한 꿈이 있거나 미래에 대한 큰 그림이 있어서가 아닙니다. 그것이 지금 제 눈앞에

있고 저는 그것이 부당하다고 느끼기 때문입니다. 그리고 이제 저는, 그 분노가 제 소명이 됐다고 느낍니다. 음악 산업 종사자들이 정당한 평가를 받고 온당한 처우를 받을 수 있도록 화를 내는 것. 아티스트와 팬들에 대해 부당한 비난과 폄하에 분노하는 것. 제가 생각하는 상식이 구현되도록 싸우는 것. 그것은 평생을 사랑하고 함께 한 음악에 대한 저의 예의이기도 하고, 팬들과 아티스트들에 대한 존경과 감사이기도 하면서 마지막으로 저 스스로가 행복해지는 유일한 방법 같습니다.

제가 앞에서, 저는 구체적이거나, 커다란 꿈이 없다고 했죠? 맞습니다. 어렸을 때나 지금이나, 저는 그런 사람이었습니다. 빅히트 엔터테인먼트가 어떤 기업이 될지, 방탄소년단의 미래가 어떤 모습일지, 심지어는 제가 나중에 어떤 사람이 될지에 대해서도 그림 같은 건 없습니다... 저는 앞으로도 꿈 없이 살 겁니다. 알지 못하는 미래를 구체화하기 위해서 시간을 쓸 바에, 지금 주어진 납득할 수 없는 문제를 개선해 나가겠습니다. 빅히트 엔터테인먼트는 음악 산업이 처한 수많은 문제를 개선하는 데 매진할 것이며, 방탄소년단은 아시아 밴드, 혹은 K-Pop 밴드의 태생적 한계라고 여겨지는 벽을 넘기 위해 끊임없이 노력할 겁니다. 저 역시 이런 일을 수행하는 데 부끄럽지 않게 끊임없이 반성하고 저 자신을 갈고닦겠습니다.

제가 여러분께 말씀드리고 싶은 것은 이것입니다. 지금 큰 꿈이 없다고, 구체적인 미래의 모습을 그리지 못했다고 자괴감을 느끼실 필요가 전혀 없습니다. 자신이 정의하지 않은 남이 만들어 놓은 행복을 추구하려고 정진하지 마십시오. 오히려 그 시간에 소소한 일상의 한순간 한순간들에 최선을 다하기 위해서 노력하십시오. 무엇이 진짜로 여러분을 행복하게 하는지 고민하십시오. 선택의 순간이 왔을 때 남이 정해 준 여러 가지 기준들을 좇지 않고, 일관된 본인의 기준에 따라서 답을 찾을 수 있도록 미리 준비하십시오. 본인이 행복한 상황을 정의하고, 이를 방해하는 것들을 제거하고, 끊임없이 이를 추구하는 과정에서 행복이 찾아올 겁니다. 그렇게 하다 보면, 반복은 습관이 되고, 습관은 소명이 되어 여러분의 앞길을 끌어 주리라 생각합니다.

한 가지만 덧붙이자면, 여러분의 행복이 상식에 기반하길 바랍니다. 공공의 선에 해를 끼치고 본인의 삶을 개선하지 못하는 파괴적이고 부정적인 욕망을 이루는 것이 행복이라고 생각해서는 안 됩니다. 이를 위해 여러분 바깥 세상에 대해 끊임없는 관심을 유지하고, 자신과 주변에 대해 애정과 관용을 가져야 합니다. 그러한 관심 속에서 여러분의 삶에 제기되는 문제들, 여러분의 행복을 방해하는 요소들을 발견하게 될 것이며, 그것들을 해결하고 본인이 생각하는 상식을 구현하기 위해서 노력하게 될 것입니다. 이런 노력은 궁극적으로 더 나은 세상을 만드는 데 기여하게 될 것입니다."

치열하게 불만을 자각하고, 현재에 집중하며 해결하려고 노력했던 그 수많은 여정이 결국 나를 찾는 힘이었다. 우리는 하나이면서 하나가 아니기 때문이다. 그것은 언제나 돌파구를 준다. 자신만의 행복을 정의하는 것 역시 내가 나를 알 때, 즉 깊숙이 찾아 나아갈 때 할 수 있는 것이다. 결국 나 찾기와 사업은 맥락을 같이하며 삶의 관점에 대한 확장까지 이른다.

진정한 나를 찾아주는 5가지 질문

코로나 시대, 자신의 꿈이나 목표가 흩어져 있는 경우가 많다. 사회적으로 안정되어 보이는 집단에 속하고자 불면에 시달리며 사회적인 꿈을 내 것으로 생각하고 살아가기도 한다. 진정한 나를 충족시켜주는 힘과 기준은 어디에서 찾을 수 있을까? 과연 어떤 질문이 내 꿈과 목표를 하나로 응집 시켜 이루는 데 필요한 힘과 능력을 기를 수 있을까?

첫 번째, 나 자신의 〈느낌〉에 집중하는가?

나를 찾는다는 것은 나를 느끼는 것이다. 다른 사람과 이야기를

나눌 때도 상대방이 이야기할 때 내 느낌이 어떤지 살피면 잘 경청할 수 있다. 모든 것은 에너지이기 때문에 거울처럼 명료하게 느껴지고 보인다.

그렇게 내 가슴의 느낌에 귀 기울이게 되면 편안해진다. 나와 타인이 원하는 것이 무엇인지 알아차리게 되는 여유가 생긴다. 그것은 바이올린 교육을 할 때도 고스란히 적용된다. 가볍게 상대방이 원하는 것에 가 닿을 수 있게 한다. 가령, 전공생이라면 시행착오를 줄여주는 것 또한 선생님의 몫 중 하나지만 당장에 닥친 것에 급급해서 똥줄 타는 것이 아닌 진정한 소리내기를 깨닫는 것에 중점을 둔다. 돌아가는 것 같지만 결국 그게 음악을 만든다. 음악은 결국 '나'를 연주하는 것이기 때문이다.

두 번째, 지금 나는 〈단순〉한가?

그 단순함은 군더더기가 없다. 양자물리학 사업가 착한 악동 최낙범 대표님을 뵈면 그러하다. 일상에서 파동의 힘과 에너지를 쉽고 단순하게 알아차리신다. 자동차에서도 엔진오일의 효율성을 높이는 발명품들을 만들어 환경을 되살리는 데에 노력하고 계시기도 하다. 기존의 저감 기술은 질소산화물과 매연 저감에 초점이 맞춰져 있지만 차량의 부하를 키우고 연료 소모율을 증가 시켜 차량의 노후화를 촉진하고 이산화탄소의 과 발생을 야기한다. 그 질소산화물과 이산화탄소 배출을 동시에 저감하는 기술을 개발, 연비 향상과 엔진룸 온도 하강을 동시 해결하는 "미라클 파워업" 제품을 출시하셨다.

이러한 힘이 어디에서 나올까? 이 대표님은 모든 행위의 근간이 '나'에 있음을 발견하셨다. 자신의 속도대로 세상을 변화시키는 힘이 '나'로부터 출발하는 것임을 깊숙이 알고 내가 할 수 있는 것과 없는 것의 단순한 분별을 통해 학계 전문 박사님들과 그러한 발명품들을 만들어내신 것이다.

세 번째, 지금 그 감정을 만드는 〈주체〉는 누구인가?

그 대표님은 인생을 산에 비유한다. 오르는 여러 방법이 있지만, 정상에 오른 뒤 본 경험은 정상에 대한 환상만 갖기에 본인의 기준점에 비추어 무작정 가보라고 말한다. 컴퓨터 책상 앞에서 눈을 감았다가 뜨면 컴퓨터가 보인다. 그 컴퓨터란 이름도 '내'가 정한 것이라는 것. '내'가 좋다 싫다는 생각도 내가 만들고, 생각 속에 빠진 나를 컨트롤한다고 생각하는 것도 '나'라고 말씀하신다.

네 번째, 지금 나는 감정을 〈해소〉하고 있는가?

계속해서, 무작정 산에 올라 쌓아둔 응어리를 토해내는 소리를 질러보라 권한다. 자신감을 충만하게 받아 힘찬 에너지를 받을 것이라고. 스트레스 해소 수업에서 말하는 것과 일맥상통한다. 나를 찾는다는 것은 황토 자갈 항아리에 가만히 놓아두면 맑은 물이 위로 떠오르지만 자갈 하나 던지면 또 일렁이듯 그렇게 내려놓는 것이 아니라 '녹이는' 것이다.

　욕심, 시기, 질투, 성냄 등도 내가 나를 놓쳤기 때문이라고. 말로만 내려놓는다가 아닌 (내가 나를 모르는데 뭘 내려놓는다고!) 나를 알아야 즉, 찾아야 진정으로 녹일 수 있다고, 내가 아닌 것들을. 멋지고 감사하고 사랑스러운 나를 발견하면 인생이 바뀐다고. 마음먹기에 따라 타인의 집 매매 성사를 돕거나 병원비를 합리적으로 두 배 이상 삭감을 받거나 기적과도 같은 일들을 매번 경험하신다. 나는 그때그때 쌓이는 감정들을 잘 해소하고 있는가? 즉시 내게 물어보자.

다섯 번째, 지금 나는 〈믿음〉이 있는가?

나를 찾았다는 것은 내면의 믿음을 가진 것이다. 이것은 굉장한 파워를 지니게 된다. 그것은 내가 무엇을, 왜 하는지 자신을 선명하게 본다는 것을 뜻하기 때문이다.

나의 아버지의 삶을 보면 신앙인으로서 믿음의 생활이란 것이 무엇인지 알 수 있다. 어떤 어려움이 온다 하더라도 믿음을 굳건히 지키는 힘 그것은 어디에서 나오는가. 바로 단순함, 지식, 지혜에서 나온다. 내가 왜 창조주를 알아야 하고, 보이지 않는 것에 대한 믿음과 왜 하느님을 숭배해야 하는지를 알고 계시다. 어려운 삶 속에서도 꾸준한 신앙생활, 경건한 삶의 본에 대해 믿음을 배울 수 있었다.

나는 아버지의 그 힘을 존경한다. 삶의 트랙에서 내가 경험하고자 하는 것들이 각자 다르고 이유도 다르겠지만, 신의를 가지고 종교생활을 한다는 것은 모든 것이 창조주께서 주시는 힘으로 해낸다는 것을 알고, 믿고 그대로 따르는 삶을 드러내는 것이기 때문이다.

어떤 어려움 속에서도 자신의 길을 개척할 수 있는 뿌리가 단단한 힘이 된다. 그 믿음의 방패처럼 굳건한 파워는 거래처 사장님들께 성실함으로 드러나고 40년 이상의 운수업 생활을 하는 동안 좋은 평판을 얻을 수 있게 해 주었다. 큰 사고로 이어질 뻔한 아찔한 경우들도 피해 갈 수 있었던 감사한 순간들도 떠오른다.

내가 아는 것을 믿고, 가치와 진정성에 대한 숙고를 끊임없이 해 나간다면 어려운 상황을 만난다고 하더라도 감정적으로 대처하기보다 오히려 품격을 지킬 수 있는 힘이 생긴다. 그 믿음은 스스로 자생하는 식물처럼 나 스스로 움직이며 자신의 길을 열어 나아간다. 결국, 그것은 나의 자연스러운 성품을 드러낸다.

외치고 나누고
실행하기의 강점

거창한 것 같지만, 나를 찾고 발견한다는 것은 매우 소박하면서도 성공적인 삶이다. 관련된 원하는 경험을 끌어당긴다. 실패로 보이는 어떤 경험이라 할지라도 그것이 주는 의미와 교훈을 즉시 알아차리는 힘이 강해진다. 그것은 내가 어떤 원하는 만큼의 퍼포먼스, 결과들을 내는 힘에도 기인한다.

K라는 친구는 자신이 원하는 결과를 매번 노트에 기록하며 미리 매일 거울 보며 외치고, 목표를 주위에 선언한다. 그리고 그 관련 액션을 행동한다. 원하는 결과에 딱 맞을 때도, 아닐 때도 그 모든 것에 실패란 없다. 성공을 위한 단계일 뿐이라는 확신이 매우 강하다.

내가 생각하는 성공이, 가령 좋은 가정을 일궈내는 것, 회사에서 온전히 살아내는 것과 같이 모두 성공의 의미가 각자 다르다 할지라도, 나를 찾음으로써 미래를 개척하는 것은 모두 가치 있다. 그것은 본래의 내가 원하는 것이 무엇인지 알기 때문이다. 그렇게 나 자신의 가장 깊숙한 곳의 나와 만나 퍼포먼스들을 이루어 내는 경우를 보면 이분들이 떠오른다.

삶의 비전을 크게 외쳐라!

삶의 미션을 가지고 인생을 돌파하라는 메시지를 주시는 자연의학 전문의 제이스 김 박사님은 세상을 바라보는 시야가 매우 넓다. 시대의 흐름을 읽고 몸의 자연치유력을 회복하는 것이 얼마나 중요한지 몸소 체득하셨다. 그 면역을 한국에 알리기 위해 미국에서의 잘되고 있는 병원을 넘기고 오셨다. 그분의 삶에 대한 미션은 무엇일까? 사람들에게 자연의학 전문의로서의 정확한 지식 전달과 사람들이 건강을 회복하고, 비전을 향한 삶을 살아가게 하는 인간미라고 생각한다.

한 달에 수억 이상의 수입에도 겸손하시고 허례허식이 없이 인류를 일깨우고자 하는 것이 특별하게 느껴졌다. 비전을 통해 사람들을 돕고자 하는 소명이 확실했다. 그 비전을 늘 크게 외치며 매 순간 <나>를 찾는 분이다.

　　그리고 대한민국 집값은 왜 이리 비싸냐며 서울 시내 30평대 아파트 한 채가 15억 혹은 그 이상인 게 말이 되는지 반문하는 3D 건축용 프린터 ㈜ HISYS 신동원 대표님 역시 그러한 비전이 강력했다. 집을 3D로 건축할 수 있다니, 비용도 천만 원까지 낮출 수 있다고 한다. 20분 만에 제작한 2평 남짓한 황토 찜질방도 소개해 주신다. 전 세계에 집이 없어 고통받는 이들에게 집을 지어주는 것이 꿈이자 비전이라고 하신다. 예쁘고 싸고 가격 대비 성능이 좋은 집을 지어준다면 사회적으로 소외된 계층에게도 도움이 조금이라도 되지 않을까 싶다고 말씀한다.

역시 사람에 대한 애정과 성공에 대한 남다른 철학, 그 안에 사회적 가치를 깊숙이 담고 비전을 향해 나아간다. 흔들리지 않는 초심은 그 가치를 담고 있기 때문이다. 그들의 언어들에서 나는 이것을 느낀다.

<나>를 찾고자 두드릴 때, 알맞은 퍼포먼스가 나온다는 것이다. 변죽을 두드리는 것이 아닌, 남들이 좋아 보이는 것이 아닌, 부러워하는 것이 아닌 온전히 내가 나와 만나 일으키는 삶의 결과들을 만나면서.

고통에 반응하는 것이 아닌, 내면을 나누고 행동하라!

외부적인 하드웨어보다 내면의 소프트웨어가 훨씬 중요하다. 진짜 성공 공식이란 내면적인 요소를 얼마나 잘 갈고닦느냐에 달려있다.

> "나이 탓, 기억력 감퇴는 어쩌면 자신의 생산성 향상을 포기한 채 버릇처럼 떠올리는 핑계일지 모른다. 당신의 지식 경영을 이제 업그레이드하시라."
>
> _한국경제신문

바이올린 교육에서도 마찬가지이다. 즐거운 취미부터 고도의 정밀성을 요구하는 전공생까지 음악을 멈추게 하는 요소들을 만날 때, 고통에 반응하는 것이 아닌 힘듦을 나누고, 다시 실행하는 이들이 끝까지 꾸준하게 자신을 넘어서는 것을 발견할 수 있었다.

경쟁 구도에서 벗어나 내가 만든 곡이 누군가에게 울림을 줄 수 있다면 얼마나 행복할까? 음악을 통한 치유, 재미를 참 내가 좋아한다는 것을 알아주었다. 내가 '작곡을 어떻게 해?'가 아닌, 자연스럽게 배우고 실행하며 첫 싱글 음원 사랑후애愛를 발표했다. 사랑 후에 더 큰 사랑을 깨닫는 마음속 여정을 멜로디로 담았다. 에너지는 사랑과 열정이다.

그리고 따듯한 정서를 글로도 나누기를 실행한다.

단어로 굳이 찾는다면 열정이다. 따듯한 정서를 글로도 나누기를 실행한다. 그래서 블로그에서 다양한 사람들의 삶의 평범함 속 비범함을 담는 100인의 스토리 '초연결 인터뷰' 챕터를 꾸준히 이어갔다.

감사하게도 내가 전문 인터뷰어는 아니지만, 질문들을 통해 자신의 삶을 돌아보고 치유에 감사하다고 전해 주신다. 나는 그저 몇 가지 질문을 드렸을 뿐인데 스스로 <나>를 발견하는 여행들이 된다. 어느새 좋은 콘텐츠란 무엇인지 고민하는 기획자가 되어 있었다.

돈에 대한 소중함을 알려면 가난한 부모 밑에서 자라라는 말이 있다. 가정 형편이 지속해서 어려웠던 상황에서 (가고 싶은 모임 회비 5천 원이 없던 순간 등) 피어난 것들이 있다. 바이올린 교육자로서 음악을 즐기는 데에 어려움을 겪는 돈, 일, 사람과의 관계들을 치유하는 상담가가 되어 있었다. 자신을 찾고, '나'에게 힘이 있음을 깨달으며 삶의 전환점을 만나는 분들을 볼 때마다 너무 좋다.

나는 바이올린에 대한 재능으로만 나아가다가 경제 상황에 부딪히며 엄청나게 상황과 상대방 탓, 내 탓을 하는 것에 힘을 쏟으며 고통스러워했다. 하지만 내 안의 나를 찾으면서, 해결의 방향을 내면으로 돌리고 음악 속에서 나를 발견하면서, 그 음들이 살아있음을 느낀다. 나 자신과 만날수록 휘둘리지 않고, 사랑하는 바이올린 후배 교수의 표현처럼 나는 퍼스트 무버_{새로운 분야를 개척하는 창의적인 선도자}로서 나의 행복한 길을 개척한다.

Chapter 03

방법 셋,
코로나 시대,
기회를 잡은 사람들

나의 경험을
들려주라

요즘은 부 캐릭터라 하여 새로운 캐릭터를 개발하여 인기를 얻는 연예인들이 많다. 특히 개그우먼 김신영의 부 캐릭터**본 캐릭터 이외의 캐릭터** 다비 이모의 '주라 주라' 곡이 인기를 얻으며 기존 수입의 10배가 되었다는 방송을 본 적이 있다. 없던 것을 가져와 만든 것이 아닌 내면에 있는 그것, 그 캐릭터를 드러내는 것이다. 그러면서 그녀는 70대로서 하고 싶은 이야기들을 한다.

결국 부 캐릭터의 활성화의 한 부면은 우리의 무의식이 과거, 현재, 미래가 없기에 내 안에 있는 그것을 십분 드러내는 것이다. 그것을 통해 치유되기도 하고, 감정적으로 더 성장하기도 한다. 여기서 치유를 위해 내가 나에게 가감 없이 표현한다면 어떨까? 드러내고 표현하며 평화로워지는 여정을 우리는 자연에서 배울 수 있다.

어릴 적에 꽃과 나무와 인형들과 대화하던 순수성을 되살려본다.

자연은 다른 것이 되려고 하지 않고 자신의 일을 한다.

구름 속 수증기가 즉시 응축되면서 생긴 눈송이를 현미경으로 본 사진들을 본 적이 있다. 단 하나도 같은 무늬가 없이 고유한 자기 만의 모양을 지니고 있다. 결정체가 자라면서 더욱 섬세하고 아름 다운 문양으로 나타난다. 가지에서 더 작은 가지가 나오고 더 작은 가지가 또 뻗어 나가는 무늬를 지닌다. 이런 특징을 자기 유사성이 라고 하며, 다시 말해 자기 유사성을 갖는 기하학적 구조를 프랙털 Fractal 구조라고 한다.

브누아 망델브로Benoit Mandelbrot가 처음으로 쓴 단어로, 어원은 조각났다는 뜻의 라틴어 형용사 'fractus'다. 프랙털 구조는 자연 물에서뿐만 아니라 수학적 분석, 생태학적 계산, 위상 공간에 나 타나는 운동 모형 등 곳곳에서 발견되어 자연이 가지는 기본적 인 구조이다. 불규칙하며 혼란스러워 보이는 현상을 배후에서 지 배하는 규칙도 찾아낼 수 있다. 복잡성의 과학은 이제까지의 과 학이 이해하지 못했던 불규칙한 자연의 복잡성을 연구하여 그 안의 숨은 질서를 찾아내는 학문으로, 복잡성의 과학을 대표하는 혼돈 이론에도 프랙털로 표현될 수 있는 질서가 나타난다.

_위키백과

나무, 잎사귀, 조개껍데기, 허리케인, 조가비, 은하계 별들, 해바라기 씨의 문양, 이러한 나선형들의 모습은 특정한 각도를 이루며 자라난다. 특히 해바라기는 황금 각도라고 불릴 정도로 놀라운 설계를 지녔다. 시계방향과 반시계방향의 나선 형태로 서로 얽히면서 교차로 자란다. 볼티모어에 있는 우주망원경 과학 연구소장 천체물리학자 마리오 리비오박사는 다음과 같이 말했다.

"놀랍게도 해바라기 씨가 꽃의 중심을 향하면서 서로 감길 때 감겨지는 씨앗의 수와 다른 방향으로 감기는 씨앗의 수 사이에의 비율(55/34, 89/55, 144/89, 233/144)을 계산하면 황금의 수인 파이 수에 점점 더 가까워진다는 사실을 당신은 발견하게 될 것이다."

해바라기 씨는 나선형 무늬가 생기면서 새로 자라나는 부분이 특정 각도 137.5° 황금 각으로 자라면서 남는 공간이 없이 촘촘하게 만들어진다. 가령 140° 자란다면 방사형으로 뻗어 나가고 효율적으로 씨가 채워질 수 없다. 이 황금 각과 피보나치 수열에서 경이로운 발견을 할 수 있다. 피보나치 수열은 바로 앞에 나온 수를 더한다. 즉 1+1=2, 1+2=3, 2+3=5 식물에서 이 수열을 관찰할 수 있

다. 해바라기는 한쪽으로는 34개의 나선이 있고 다른 방향으로는 54개의 나선이 있다.

이 숫자들은 피보나치 수열의 숫자이다. 파인애플은 8~13개의 나선이 있다. 나선형으로 자라는 꽃잎들은 피보나치 수열과 일치한다. 왜 의미심장한가? 피보나치 수열은 황금 각을 정의하는 정확한 각도에 일치해지기 때문이다. 식물이 성장하는 황금 각과 그로 인해 생기는 나선 개수 사이의 수학적 관계를 보면 그 하나하나에는 질서와 설계가 반영되어 있다.

그러한 형태를 자세히 살펴보면 창조주에 대한 경이로움을 느끼게 된다. 그 만들어진 것들을 통하여 지각되고 명확히 보이게 되기 때문이다. 위의 해바라기와 같은 자연물들을 통해 "신을 믿어라, 창조주를 믿어라."라고 말하려는 것이 아니다. 그 모든 자연물은 설계에 따라 일사불란하게 자라나듯 해바라기가 파인애플이 되려고 노력하지 않는다. 자신이 황금 각도에 의해 자양분을 흡수하며 해바라기로서 자라난다. 꽃이 나무가 되려고 하지 않는다. 자신이 무엇임을 명료하게 알고 있다는 것이다.

자연은 탓하지 않고 자신을 보여준다.

나는 에너지가 고갈될 때 늘 자연을 떠올린다. 그러한 자연물은 상대방 탓을 하며 상황을 합리화하지 않는다. 그렇게 있는 그대로의 자연은 더욱더 자기 자신을 드러내고 건강하게 자라기 위해 노력한다. 특히 식물들은 좋은 토양과 햇빛, 물 등 도와주는 자원도 있어야 한다. 하지만 그 이면에 자신이 온전히 식물임을 알고, 그 자신의 성장에만 집중한다. 자연 속 휴양림을 조용히 거닐면 에너지를 받는다. 좋은 에너지를 지닌 사람 옆에 있으면 함께 시너지 효과가 나듯, 자신으로 살아가는 자연을 교감하며 힘을 얻는다.

　나는 베토벤이 유서를 썼다던 하일리겐슈타트에서 그가 귀가 안

들리면서도 매일 산책했다던 그 길을 귀를 막은 채 걸은 적이 있다. 나에게만 집중할 수 있는 시간이었다. 귀를 막은 채 느껴지는 바람의 느낌, 나부끼는 나뭇가지와 나뭇잎들... 있는 그대로의 자연물 앞에 한없이 나의 에고는 숨을 죽였다. 나 자신에게서 문제점과 해결책을 찾지 않고 상대방과 상황 탓을 하며 에너지를 고갈시켰던 지난날의 치열함을 있는 그대로 바라보는 시간이기도 했다. 다시 귀를 열면 들리는 새소리는 얼마나 감사했는지 모른다.

그 힘은 한마디로 자연과 내면의 나를 발견하고 다스리는 이치가 다르지 않다는 것이다. 어떤 자연물이든지 자라고 번성하는 흐름과 과정이 물 흐르듯 일어난다. 그렇게 우리는 삶에서 크고 작은 풍파를 경험할 때, 내면의 나를 발견하고 변화를 살피며 대응할 수 있다.

삶에서 깨달은 경험들은 누구에게나 보석이다. 자연을 바라보며 쓸데없는 에너지 낭비를 차단하고, 장미가 자신이 아닌 것이 되려고 하지 않고 탓하지 않으며 자신의 내재된 경험을 들려주는 것처럼 우리도 그러할 수 있다. 자연의 하나하나를 사람처럼 느껴보면 알 수 있다. 매일을 자연과 더불어 살기를 원하는 마음처럼 삶의 순간들 속에서 자연의 위대함을 떠올려보자.

기회를 잡을 수 없는 것인가?
하기 싫은 것인가?

원하는 것을 발견하는 힘은 어디에서 나올까? 누가 나에게 줄 수 있는 것이 아니다. 내가 경험하는 어떤 일련의 상황들은 '나'를 발견하도록 건드려주고 성장시킨다. 그것의 핵심은 고도의 내면의 정직성을 뜻하기도 한다. 내 안에 어떤 것이 있는지, 온전히 '있는 것'을 알아가는 것이기 때문이다. 상처, 고통, 비난, 가식, 가면과 같은 내용물이던 사랑, 지혜, 평화 같은 특성이건 있는 그대로 나를 바라보는 힘이 길러진다.

나는 언제 가장 나다운가? 나는 바이올린을 삶과 연결지어 만날 때 그러했다. 스승님으로 여기는 야샤 하이페츠의 제자들이자 존경하는 바이올리니스트 박민정 선생님과 유키 모리 선생님께서는 내게 음악이 주는 메시지, 내가 나누고자 하는 힘을 발견하게 도와

주셨다. 그 외에도 가장 중요한 것, 즉 음의 소리 하나하나에 너의 라이프를 담으라고 가르쳐 주셨다. 한창 입시 전쟁을 치르며 기술 연마에 급급해서 잘 와닿지 않았지만, 이제는 조금이나마 알겠다. 내가 인생의 밑바닥이라고 느낄 때, 나는 누구이고 무엇인지 몰라서 부르짖을 때, 내 내면에서는 늘 '너의 모든 순간'이라고 말해 주었다. 나는 매 순간 나를 알아차리려 노력하게 되었다.

마음속 진실 : 기회를 잡을 수 없는 것인가.

나는 종종 내게 묻는다. '그래. 삶의 모든 순간, 지금 너는 어떠한 마음 상태니?' 어떤 기회가 왔을 때도 안 되는 이유만 찾으며 그 방향으로 나아가기를 주저하는 학생들이 있다. 어떤 이들은 원해서 나아가고자 할 때, 그 누구도 아닌 자신이 문을 닫아버리기도 한다. 그러고는 나는 못 한다, 못 하겠다고 단정 짓는다. 삶을 되돌아볼수록 그 모든 문의 열고 닫음은 '내가' 했던 것임을 알 수 있었다.

라이브로 현재 지구를 볼 수 있는 앱도 있다. 그렇게 우주를 유영하는 우주선과 지구의 모습을 바라보며 땅 위의 삶에 대해 생각해 본다. 자연을 만나고, 사람들을 만나고, 나를 바라보는 순간들에 나는 아름다움을 느낀다. 내 안에 똥 덩어리와 같은 해소되지 않은 감정들이 있으면 어때? 내가 어릴 적 상처를 보듬어 주지 못해서 깨달음을 주는 사람들을, 깨달을 때까지 계속 만나면 어때? 그 모든 순간의 합은 결국 '내가 살아있음'에 대한 반증이지 않은가.

인정받고자 하는 강한 욕구 덩어리들과 만났을 때, 남에게 인정받고자 하고 내가 나를 인정하지 못하던 때가 있었기에, 나는 '나의 모든 순간'이라는 내면의 목소리가 위안이 되었다. 좋은 말들을 머릿속 지식이 아닌 온 가슴으로 알아차리기 위해 얼마나 많은 나 찾기의 여행이 필요했는가. 다 괜찮다.

알아차릴수록 용기가 생긴다.

미야자키 하야오의 '귀를 기울이면' 중에서 "이유 없이 만나는 사람이 친구, 이유가 없으면 만나지 않는 사람이 지인, 이유를 만들어서라도 만나고 싶은 사람이 좋아하는 사람"이라는 글귀가 있다. 내가 나에게 그렇게 좋아하는 사람이 되어준다면 어떤 느낌일까?

수많은 자기 계발서에서 현실은 내면의 반영이란 말들이 주야장천 쓰여 있다. 그렇게 마음이 드러나는 거울을 보라고 말이다. 힘이 드는 관계는 멈추고, 놓아버리라고도 한다. 마음의 결이 다른 차원에서 일어나는 일은 의외로 압도되는 스트레스와 고통을 준다. 그렇게 자신을 벗어나 타인의 일에 간섭하고, 나를 보지 못할 때는 시야가 선명하지 못하다.

그렇게 발견하지 못하고 끌려가듯 내 삶의 트랙이 아닌 남의 트랙을 넘나들 때, 이 삶의 장면들은 그게 네가 아니라고 알려 준다. 그리고 깨닫지 못할수록 무수한 고통스러운 사건들을 통해서 알려주거나, 하기 싫을 때도 그 이유와 현상을 알려준다.

왓칭 도서에서는 '나를 바꿔놓은 요술 일곱 가지 챕터' 중에서 이러한 실험을 다룬다. 예일 대학의 레비 박사팀이 노년기에 접어든 노인들에게 물었다.

"여러분은 나이가 들어가는 걸 어떻게 생각하시나요?"

어떤 노인들은 "나이 들면 건강은 나빠지게 돼 있어요. 내 건강도 당연히 나빠질 겁니다." 또 다른 노인들은 "나이가 무슨 상관인가요? 나이 들어도 얼마든지 건강할 수 있는데."라고 했다. 연구팀의 20년의 추적 실험은 예상할 수 있듯, 후자의 경우가 평균 7년 반이나 더 오래 살고 하나같이 건강했다고 알려준다.

내면의 내가 나를 바라보는 대로 현실로 나타나는 것을 확인할 수 있는 경우이다. 그리고 디팩 초프라**타임지가 선정한 20세기 100대 인물**라는 의학자의 이야기를 덧붙인다. "건강관리에 관한 설명을 들으면 자신의 몸을 제대로 바라볼 수 있게 된다. 바라보면 몸도 변화한다. 병원이나 약에 의존하는 것보다 머릿속에 얼마나 긍정적인 정보를 입력해놓느냐가 더 중요하다. 젊음과 노화도 선택하는 것이다. 젊음에 관한 정보를 많이 입력하면 젊어지고, 노화에 관한 정보를 많이 입력하면 늙어간다."

예전에 디팩 초프라가 한국에 와서 강의한 적이 있다. 그때 노트 필기까지 해가며 들었던 생각과 위의 이야기는 일맥상통한다. 바라보는 대로 경험하는 그 신비로운 힘, 나를 발견할 때 만나는 강점. 결국 같은 것을 말하고 있다. 어떤 기회를 만났을 때 속 시끄러움 없이 잡을 것인지 말 것인지 명료하게 선택할 힘이 생긴다. 대학을 졸업한 지 십수 년이 흐른 뒤에도 어깨 재활 중이었지만, 다시 입시를 치르고자 연습한 것도, 미국 국제 콩쿠르 도전과 2위의 성과도

좋아하는 것에 대한 감동을 나누고자 했기에 망설임 없이 응시하고 결과에 상관없이 의연할 수 있는 경험을 얻었다.

나는 사람, 사물, 나를 어떻게 바라볼 것인가? 나는 어떤 마음의 창으로, 어떤 일이 일어날 때, 얼마나 순식간에 내면으로 돌아와 '나'를 볼 것인가. 내가 마음의 문을 열고 글과 사람을 대하지 않는다는 것을 알았을 때 나의 에고는 문을 못 열게 했다며 타인을 탓했지만, 내가 열지 않은 것임을 깨닫고 모든 기회의 문을 열고 잡기를 선택했다. 결국 모든 것은 나노 단위처럼 내면의 알아차림, 나 찾기에 있다. 자연스럽게 내 안에 "있음"을 발견하게 된다.

나를 조각하는
3가지 방법

"나는 한 번에 만 가지 발차기를 연습한 사람을 두려워하지 않지만, 한 가지 발차기를 만 번 연습한 사람은 두려워한다." 무술영화계의 대부와도 같은 브루스 리, 즉 이소룡의 명언이기도 하다. 대나무 회초리로도 무술의 유연성을 보여준 그처럼 자유롭게 무형식의 형식처럼 나를 조각하는 방법들은 무엇이 있을까?

언제의 나를 떠올려 볼까? 일단 누가 내게 한 말을 듣고 화가 났다고 가정해 보자. 여기서 있는 그대로의 사실은 무엇인가? 그 누군가라는 사람이 "0000이라고 말을 했다." 이것이다. 하지만 많은 해석이 들러붙기 시작하면서 있는 그대로를 보지 못하게 만든다. '아니 저 사람이 어떻게 저렇게 말하지? 생각이 있는 건가? 나를 어떻게 보고 저러지? 내가 그런 인간인가? 나를 지금 뭐로 보고!!!'

하면서 분노에 빠질 수 있다.

그러면서 에고는 계속 합리화한다. 그간 상대방의 행태들을 하나하나 다시 반복해서 리뷰하면서 그 생각을 강화하기 시작한다. 보고 싶은 대로 본다. 이 말의 속뜻은 내가 가진 틀 안에서 본다는 의미이기도 하다. 나는 그 틀이라는 것을 인정하고 치유하고, 데이비드 홉킨스 박사의 의식혁명에서 말하는 고차원의 의식 레벨처럼 그 레벨을 올리기 위해 노력하기도 했지만 어려웠다. 위기에서도 기회를 잡는 힘, 나를 조각하는 효율적인 방법은 무엇이 있을까? 대가가 되기 위한 한 땀 한 땀 연습을 소개한다.

첫 번째 : 남 탓하기 대가? NO! 내 책임 찾기 대가!

우리의 삶은 선물과 같아서 어떤 깨달을 것이 있다면 깨달을 때까지 사람과 상황만 바꿔가며 선물을 보낸다. 타인으로 인해서 안 좋아 보이는 일이 벌어졌을 때일지라도 내가 놓친 것이 무엇인지 먼저 찾는 습관을 시작해 보자.

한 대표님은 회사 내에서 벌어진 한 사건에 대해 분명히 동료가 잘못한 일이라고 말하는 직원에게 그 대표님은 "속상했겠다. 그런데 이 일은 생각해 보면 너 책임이야. 네가 놓친 부분이 무엇인지 찾

아봐."라고 했다. 그 직원은 인정하고 싶지 않던 자신의 초기 실수를 보게 되었고 재빠르게 수습해서 일을 해결했다고 한다. 내가 나의 삶의 주인이 되어 책임 의식으로 바라보면 의외로 일이 쉽게 풀린다. 내가 지금 하고 있는 것에 내가 온전히 책임진다는 의식을 가질수록 오히려 쉽게 풀리며 문제가 아닌 해결책에 집중하게 된다.

두 번째 : 자신의 보석 찾기 대가!

나는 어떤 부류와 대화가 통하지 않으면 입을 닫아버리기도 했었다. 그리고 휘둘리는 양면성이 있었다. 그래서 더 휘둘리지 않으려고 진지함을 찾으려 노력했었다. 하지만 내 안에서 밸런스가 깨져 있는 부분을 찾고, 나를 있는 그대로 인정하면 평온하게 된다. 그리고 결이 다르다고 손절하거나 휘둘려서 끌려다니던 내 특성들은 더는 내게 단점이 되지 않는다. 내가 그것을 봤기 때문이다. 오히려 침착하게 대응하는 강점으로 보석이 된다.

발라흐 효과는 "단점을 보완하면 강점이 된다."라는 것이다. 우리가 단점을 버리는 것이 아니라 시간 대비 내가 가장 잘할 수 있는 것에 노력을 쏟아부으면 최고의 강점이 된다는 말이다. 독일의 화학자이자 노벨화학상을 받은 발라흐는 우리 안에 이미 존재하는 천재성을 알고 있다. 이것에 대해 명료해질수록 내가 기대하는 나를 찾고 조각해 나아가기 쉽다.

세 번째 : 민감하게 반응해 주기

내가 만나고 싶지 않은 부류가 있을 때, 내 안에 그러한 특성이 있지 않은지, 고요한 가운데 살펴본다. 내 안에 어떤 것이 있을 때, 있을 때, 상대방은 그것을 건드리고 불씨가 되어 내면에서 연료처럼 타오르기도 한다. 그것이 분노나 무기력, 불안으로 이어지는 요소이기도 하다. 걸림이 없다면, 그것은 상대방의 문제이자 몫이다.

정신건강의학과 전문의 오은영 박사는 올바른 부모 역할에서 중요한 열쇠를 말한다.

"아이가 스트레스를 받고 마음이 불편할 때 아이는 마음에 안정을 찾기 위해서 부모에게 신호를 보냅니다. 이때, 현명한 부모는 이 아이의 신호를 제때 잘 알아차리고 제대로 다뤄줍니다. 그러면 이내 아이의 마음은 평화롭고 안정이 됩니다. 마치 폭풍우가 치는 바다에서 배들이 항구로 와서 정박할 때 편안해지는 것처럼 아이는 부모와 이러한 관계를 통해서 엄마, 아빠를 본인의 마음에 안전한 상으로 맺어나가기 시작합니다.

이렇게 자란 아이들은 '우리 부모가 나를 사랑하듯이 다른 사람도 나를 사랑할 거야. 우리 부모가 나를 존중해 주듯이 다른 사람도 존중해 주겠지. 우리 부모와 같이 있으면 재미있듯이 내가 타인과 같이 있으면 재미있을 거야. 우리 부모는 신뢰할 수 있어. 그러니까 세상은 믿을 만할 거야.' 이렇게 생각을 합니다. 이런 아이들은 마음이 안정되고 평화롭습니다. 이렇게 하기 위해서는 우리 부모가 꼭 지켜야 하는 것이 있습니다.

바로 '민감하게 반응해 주고 일관되게 행동해 줘라.'입니다. 민감하다는 것은 '아이가 보낸 신호를 부모가 잘 포착할 수 있도록 촉각을 세우고 예민하게 레이더망을 돌리고 있어라!'라는 이야기입니다. 그다음에 이것을 포착만 하면 안 됩니다. 아이에게 반응해 주셔야 합니다.

아이가 속상할 때는 '속상했구나.'라고 반응해 주셔야 합니다. 그런데 이 반응을 어떨 때는 해 주고 엄마가 기분 나쁠 때는 안 해 주면 아이는 혼란스럽습니다. 일관되게 해 주셔야 합니다. 그리고 반응뿐만 아니라 빨리빨리 행동으로 옮겨 주셔야 합니다. 이렇게 자란 아이들은 다른 사람과도 편안하게 지낼 수 있고 엄마 아빠의 이런 항구 같은 안정된 상을 가지고 세상을 향해서 편안하게 앞으로 나아갈 수 있게 됩니다.

민감하게 반응하고, 일관되게 행복하라!"

내가 나에게 올바른 부모 역할을 해주자. 민감하게 반응해 주기 연습! 나를 일관된 행복으로 조각하게 한다.

나 찾기를
아주 작게 시작하라

나 찾기! 그것은 자기 사랑이다. 그게 무엇일까? 어떤 속상한 일이 일어나면, "속상했겠다. 그럴 만해." 기분 좋은 일이라면 "와.. 너무 좋겠다!"라며 내가 나를 공감해 주는 자기 공감! 나 찾기의 작은 시작이다.

성경 디모데 후서 3장 1절에 시작되는 구절을 보면 '마지막 때에.. 사람들은 자기를 사랑하고, 돈을 사랑하고, 자랑하고...'라는 구절이 나온다. 나는 이것에 대해 왜곡된 해석을 했었다. 그래, 자기를 사랑하기보다는 창조주를 사랑해야지. 깊은 속마음에서는 나 자신을 매우 하찮게 대했다. 그래서 나를 고통 속으로도 집어넣기도 하고, 힘든 상황에 계속 반복된 패턴을 만들어 넣으면서 나를 괴롭게 하는 것을 즐기는 에고가 있었다.

어디에서든지 사람들과 잘 어울리는 활발한 성격을 지녔음에도 사람들과의 관계에서 거리감을 두고 속사람이 아닌, '이미지'와 관계 맺던 경험들이 떠오른다. 얼마나 괴리감이 컸는지 되돌아본다. 이렇게 불균형한 나의 사고는 나를 무시한 채 왜곡된 생각을 하고 있었다.

나를 위한 아주 사소한 습관 시작

"자기 사랑은 안 좋은 것이다!" 이게 무슨 문장인가 싶을 수 있다. 내가 예전에 가졌던 생각이다. 자기 자신을 사랑하다니, 하느님을 사랑해야지 하면서 말이다. 물론 삶은 성실하게 살았다. 그런데 가장 중요한 사실을 잊고 있었다. 머리로는 사랑해야지 하면서도 무의식적으로 진심으로 나를 소중히 대하지 않았다. 결국, 나를 대하듯 상대방을 대하고 있던 나를 발견했다.

내 뜻대로 상대방이 움직여주지 않으면 불같이 화를 내기도 하고, 원칙에서 벗어났을 때 해결하기보다는 그 상대방에게 책임이 있음을 계속 인지시키는 것이다. 모든 것은 나로부터 시작되었다는 것을 인정하고, 내가 상대방이 한 실수에 대해 느끼고 있을 당혹감에 대해 먼저 생각하는 여유가 생겼다. 그 여유는 여러 번의 사건들을 통해 내게 각인시켜 주었다.

아웃 오브 안중이라는 말처럼 나는 내가 생각하는 범주에서 벗어나면, 가령 태도에서 올바른 예의가 아니라는 판단이 서면, 몹시 화가 나기도 했다. 가치 기준의 잣대를 내 마음대로 설정하고 그것에 미치지 못하면 관계를 정리해버리는 냉정함도 많았다. 그것은 진정으로 내가 나를 사랑하지 않은 대표적인 케이스이다. 사람은 언제 어디에서 만날지 모르는데도 말이다.

그것은 바이올린에도 똑같이 적용되었다. 눈으로 악보를 보고, 손가락도 돌아가고, 감정도 넣어보되 가장 중요한 것, 내가 그 음들을 얼마나 사랑하고 음미하고 있는가 이게 빠져있었다. 연주 속 메시지가 전달되는 것인데 그게 없었다. 나는 메신저인데 그 존재감이 없었다. 완전 텅 빈 상태라고 할까. 연주를 할 때 에너지 없는 상태라는 진실을 깨닫기까지는 또 역시나 오래 걸렸다. 하지만 그것들의 '알아차림'은 음악을 느끼는 나를 위한 작지만 큰 변화의 시작이었다.

자기 사랑은 결단이다.

자신을 진솔하게 사랑하는 힐러 김진아 선생님은 자기 사랑에 대해

'결단'이라고 말한다. 호스피스 병동에서 죽음을 준비하는 이들, 가족의 죽음을 경험한 이들과 같이 심정적으로 어려운 이들에게 따듯하고 극진한 정성의 치유를 리드한다. "진실한 자기 사랑이란 자기의 부족하고 못난 모습을 발견했을 때, 그것과 함께 있어 주는 것 아닐까, 판단 없이. 스토리 없이. 그저 함께!"라고 단단하게 말한다.

　나 찾기 즉 자기 사랑은 생명의 본질이고, 생명은 사랑이다. 사랑을 깨달았던 순간은 아주 많을 수 있다. 하지만 전혀 사랑이 아닐 것 같은 상황 속에서, 의미를 발견케 되는 경우도 많다. 명상, 기도, 나눔 안에서 내가 하는 일이 곧 내 삶이고 그 본질은 생명이라고 말한다. 그 선배의 눈에는 가득 찬 맑음이 있으며 내면의 정직한 울림이 말로써 나오는 것임을 안다.

　살아가면서 수많은 바쁨 속에서 본질을 잃어버리기 쉽다. 그럴 때 꼭 삶의 밑바닥이나 힘든 상황까지 자신을 몰아가지 않고 기분 좋은 상태로 선물인 오늘을 즐길 수 있다면 얼마나 좋을까? 그렇게 결단한다면 어떤 삶이 펼쳐질까? 얼마나 회복 탄력성이 좋아질까?

　내가 생각하는 또 다른 자기 사랑은 '자아:상'이다. 중간에 :을 넣는다. 나 자신에게 아름답게 상 주는 것이다. 이러한 습관은 나 찾기에 더욱 동력을 준다. 어릴 적에 상 받을 때마다 '우와, 엄마에게 칭찬받을 수 있겠다.'라며 속으로 굉장히 기뻤던 기억이 있다. 하지만 '오예~! 감사하게도 잘했네, 우리 딸!' 이런 풍부한 칭찬을 들은 기억이 거의 없다. 워낙 하루걸러 야근을 수십 년간 하시면서 정서적으로 에너지를 충만하게 하기에는 하루하루 살아가기 바쁘셨음을 안다. 엄마는 잘못이 없다.

성인이 된 지금 그렇게 칭찬의 중요성을 온몸으로 깨달았기에 오히려 작은 것 하나에도 칭찬해줄 줄 아는 것을 배웠다. 나의 바이올린 교육에서도 그것은 마찬가지이다. 진심 어린 칭찬은 그 길을 가고 있는 이들에게 위안과 힘이 된다. 학생들이 그렇게 표현해 주기도 한다. 선생님 말씀을 들으면 힘이 생긴다는 말을 들을 때면 나도 같은 힘을 받는다.

우리는 자신을 얼마나 있는 그대로 칭찬하고 있는가? 내가 나에게 좋은 칭찬해줄 줄 알 때 타인에게 그게 얼마나 술술 진심으로 나오는지 관찰해 보자. 나 자신을 제3자처럼 바라볼 줄 아는 힘이 위력이라는 것을 실천해 보는 것은 참 중요하다. 1일 1칭찬? 너무 적으면 여러 번. 나 찾기의 삶이 윤택해지는 것을 발견할 수 있을 것이다. 그것은 이 코로나 시대에 자신에게 진정한 위안이 된다.

더 나은 나를 향한
진짜 발걸음

인정하다

확실히 그렇다고 여기다, (법률에서) 국가나 지방 자치단체가 어
떤 사실의 존재 여부나 옳고 그름을 판단하여 결정하다.

_표준국어대사전

인정한다는 게 말로만인 경우가 있다. 그래서 그게 나중에 문제가
되기도 한다. 결국 마음속 진실이 승리하는 순간이다. 내가 나를
배부르게 하듯이 나를 진심으로 인정하면 타인에게 인정받으려고
하는 욕구가 의외로 사라진다. 더는 타인에게 인정받아서 자존감
을 높이지 않아도 된다.

존중하다

높이어 귀중히 대하다.

_표준국어대사전

진심으로 내가 어떤 사람인지 인정할 때, 가만히 내면에 귀 기울이면 나를, 상대방을 존중할 수 있는 공간이 생긴다. 나는 내면에 사랑이 없음을 오히려 인정하게 되면서, 그게 나를 방해하지 않고 감사함이 흐르던 것을 경험한 적이 있다. 나를 정직하게 인정하고 발견하는 것은 무한한 힘을 준다고 생생하게 기억한다.

인정하기는 '존중'할 수 있는 힘이 된다.

일전에 상담할 때 있었던 일이다. 상대방과의 관계를 어떻게 해나가야 할지에 대한 깊이 있는 질문과 치유를 이어나가는 시간이었다. 고도로 내면의 정직하기를 훈련하면 가짜로 인정하는 것들을 분별할 힘이 생기는데, 선생님인 한 참가자는 아버지와 같은 이성을 매우 싫어하면서도 아버지와 같은 성향의 이성을 좋아했다.

끊임없이 자기 자신을 사랑하는 연습을 해왔음에도 불구하고 아킬레스건과도 같은 이성문제가 닥치게 되면 가장 순수한 어린

시절로 돌아갔다. 충분히 사랑받지 못했던 어린아이의 사랑을 갈구하는 패턴을 반복하듯 상대방에게서 사랑을 갈구했다. 상대방은 그만큼 사랑을 주고받을 준비가 되어있지 않았고, 어른과 어른의 연애가 아닌 아이와 어른의 연애처럼 힘든 시간을 오롯이 경험했다. 그것을 진짜 인정하게 되면서 슬픈 연애를 끝내고, 현재는 진짜 자기 사랑의 삶을 이어가고 있다.

내게 필요한 경험을 피하기는 어렵다. 왜냐하면 깨지고 배우고 체득할 것이 있기 때문이다. 하지만 그 시행착오가 줄여질 수는 있다. 파워풀한 나를 발견함으로 에너지 전환이 빠르게 된다. 그렇게

<경험>을 통해서 내가 얼마나 나를 사랑하고 있지 않은지를 오롯이 깨닫고, 그러한 자신을 <인정>할 때 비로소 나를 <존중>할 수 있는 에너지가 생긴다. 그 위력은 관계를 정돈하는 힘이 되며 나 자신으로 주의를 기울일 수 있게 된다. 자연스럽게 자신을 사랑하며 타인을 있는 그대로 대할 힘이 생긴다.

인정하기는 '대화'의 시작이다.

박은지 작가의 '페미니스트까진 아니지만'에서 남편과의 대화 중 지혜를 배운 것이 있다. 남편과의 대화에서 지혜를 볼 수 있다. 남편이 지금의 회사를 그만두고 이직을 준비하고 싶어 할 때 저자는 이렇게 말한다. "자기는 가장이 아니야. 입장이 바뀌었어도 자기가 나한테 일이 힘들어도 그냥 참고 버티라고 했을까? 우리 관계에서 네가 꼭 돈을 벌어야 한다는 부담감을 가질 필요는 없어. 오히려 나는 일하는 걸 좋아하잖아."

부담감에 대해 자신이 느끼는 부분, 상대방이 느낄지 모르는 부분을 진솔하게 발견하는 것을 알 수 있다. 저자는 서로의 역할을 규정하지 말자는 이야기를 여러 차례 나누면서도 '남자로서의' 수식어를 깨끗이 지우지는 못하는 것 같은 남편을 있는 그대로 인정해 주었다.

그다음 대화를 보면 알 수 있다. "왠지 남자니까 돈을 더 많이 벌어야 하고, 가장 노릇을 해야 한다는 부담감을 완전히 지울 수가 없어." 그의 부담감을 위로하기에 앞서 자연스러운 의문이 떠오른다. "근데 그만큼 나한테 며느리 노릇을 바라는 마음도 솔직히 있겠네?"

부담감이라는 단어 이면의 진실, 상대방이 오히려 내게 바라는 부분이 있지 않겠냐는 범위까지 생각의 범주가 확장되는 것을 본다. 이것은 내면에서 나 자신과 상대방의 니즈에 대해 진솔한 찾고자 함이 있을 때 발견할 수 있다.

"그런 것 같아. 솔직히는. 그래도 살면서 점점 더 그런 생각을 내려놓으려고 노력해야지." 우리 문화 속에 뿌리 깊게 자리 잡혀있는 가부장제와 그로 인한 서로를 책임지기 이전에 각자의 주체적인 삶과 결정을 존중할 때, 우리는 조금 더 자유로워질 수 있고 나로서 살아갈 수 있다. 평범한 한국 남녀로 살아온 우리 부부에게도 매 순간 어려운 일이지만 오랜 세월 덧칠해 잘 지워지지 않는 두꺼운 얼룩을 이제라도 한 겹씩 벗겨내고 싶다고 표현한다. 상대방에게 나를 책임질 필요는 없다고 표현하며 각자의 삶의 주체성을 강조한다. 그때 입 밖으로 나오는 표현은 진실하다. 그래서 힘이 있다.

위의 경우처럼 각자 자신을 책임진다는 것은 책임이라는 단어

방법 셋. 코로나 시대, 기회를 잡은 사람들

아래 부담감, 그 안에 내게도 바라는 것이 있을지 모르는 상대방의 기대감, 그 이면에 문화적으로 뿌리내려진 DNA가 있지 않은지 발견할 힘이 생긴다. 그것을 인정하게 되면 오히려 더 존중하기 쉬워진다. 그래서 대화를 할 수 있게 된다.

하지만 내 생각이 맞으며 상대방의 생각이 틀리다는 접근으로 일궈온 사고방식은, 아무리 입으로는 다양성을 존중하고 상대방을 인정한다고 말을 해봤자 대화가 통하지 않는다. 이를 어떤 사람들은 의식수준이 다르다고 표현하기도 한다. 결국 인정하기의 힘으로 이 코로나 시대에 현재 내가 뭘 해야 할지 알고, 만나는 기회를 잡고, 자신의 길을 개척할 수 있는 힘으로 나를 재탄생시키는 것이다. 그럴 때 내안의 능력은 최대치가 된다. 그리고 한계를 넘어보는 연습을 하게 된다. 비로소 내가 나답게 살아가는 실제적인 경험을 하게 된다.

Chapter 04

방법 넷,
나를 찾고 나를 만나는
행동 매뉴얼

매일의
7분 명상

나는 누구인가? 어떤 길을 가고자 하는가? 끊임없이 고민하며 '클래식을 전공하는 사람은 예중, 예고, 음대, 유학, 강사, 오케스트라, 교수 같은 길만 가야 하는 게 아닌가!' 하던 때가 있었다. 자력으로 유학을 다녀와야 할 형편이기에 유럽 쪽은 나이가 많아 안 되었고, 미국 유학을 생각하며 장학금을 받지 못하더라도 근 1년 이상은 먹고살 수 있는 돈을 모아놓고 행복하게 연습만 하고 음악만 해야지 하던 때가 있었다.

석사 원서 접수 기간을 마치고 1년 동안 열심히 일하면서 돈 벌고, 토플 만들어 놓고 하며 이제 3개월이라도 꿈같은 연습을 하며 라이브 오디션 준비해야지 하던 때였다. 원서를 접수하고 나서 알게 된 모아둔 돈의 제로 상태를 경험하면서 모든 것이 엉망진창이었음을 처절하게 깨달았다. 투자회사의 그 후배를 원망하지는 않았다.

오히려 한강 다리로 가지 않도록 상대방을 위로하며 나는 이제 뭐 해서 벌어먹고 사는가에 대한 고민을 죽도록 했다. 애쓰고 또 애썼다. 머릿속이 하얘져서 일도 손에 잡히지 않았다. 그렇게 정서적으로 안정이 되지 못했을 때, 나는 마음 치유 작업을 계속 이어갔다. 살려고! 내 감정을 들여다보고 다루며 감싸 안는 일, 그렇지 않으면 죽을 거 같았다. 지인은 떨어지고, 나는 줄리아드 1차 합격을 통보받은 날, 많이 울었다. 준비할 수 없었던 현실에 망연자실했다. 나는 벌어먹고 사는 것에 대해 애쓰고, 애쓰고, 애썼다.

시험은 즐기라고 있는 것이다. 즐길 수 없다면 피한다.

그때, 라이브 오디션까지는 약 3주도 채 남지 않았다. 하지만 약 2주라도 연습을 하며 그냥 무대에라도 서고 싶었다. 어디서라도 대출받을 생각도 해보며 연습에 몰입하던 시간, 친구가 그냥 이백만 원을 선뜻 주었다. 비행기 값이라도 하라고. 참 감사했다. 시차 적응도 없이 새벽 도착한 그 날 오전부터 시험 봤던 기억은 애씀의 끝판왕이었다. 신기하게도 줄리아드 대기실에서 만난 외국인 남학생

과 이야기 나눌 기회가 있었다. "넌 안 떨리니?" "왜 떨려?" "시험이 잖아." "시험? 오디션은 인조이하라고 있는 거야. 즐기렴."

나는 뭔가 한 대 얻어맞은 기분이었다. 즐기라고 있는 게 시험이라고? 장난해? 하지만 결국 그의 말은 맞는 말이었다. 돈과 밥 벌어먹고 사는 걱정에 의해 억눌렸던, 내가 가장 원했던 것을 잃어버린 채 살았던 나를 일으켜 준 한마디였다. 후에 사랑하는 후배도 무료 레슨을 내게 몇 주간이나 해 주고, 다른 학교에도 장학생 최종 합격을 했다.

하지만 당장에 미국행 티켓, 집 구하는 비용, 생활비도 없는 상태였고, 유학 다녀와서 보장되지 않는 자리싸움과 생계유지를 어떻게 할 것인가. 그곳에서의 생활 여건을 버틸 것인가. 한국에서 내가 할 수 있는 일들을 키워나갈 것인가. 선택의 기로에 섰다.

나는 가지 않는 것을 선택했고, 내 인생을 위한 최초의 선택이었다. 누구의 말을 들어서도 아닌 내가 나를 위해 한 선택.

그냥 해야 하나 보다, 이래야 하나 보다가 아닌 내가 나를 위해서 하거나 하지 않거나 하는 그 선택은 그 어떤 후회도 밀려오지 않는 신기한 경험이었다. 나를 찾고 내가 선택했기 때문이다. 선택의 힘을 돕는 것에는 명상이 있다.

매일 나를 위한 7분

명상은 나 자신과의 대화이다. 묵상이다. 나의 상황을 객관적으로 바라보는 힘을 준다. 내가 꿈꾸는 대로 되지 않을 때에도, 내 안의 의도와 목적을 더 명료하게 할 수 있다. 내가 힘든 이유는 상황 탓이 아니라 내 안의 관점 즉, 생각 때문에 벌어지는 것이다.

예일대학 연구팀 헤디 코퍼 심리학 박사는 "몇 주 또는 몇 달 동안 명상을 하는 사람은 인지 기능 테스트에서 우수한 성과를 냈다. 실제 그 정도의 성과를 내기 위해 여러 주 동안 명상을 할 필요가 없다는 것을 알아냈다."라고 했다.

실제 인지 기능과 행동력 또한 명상을 통해 발전한다. 나를 위한 7분의 명상시간은 큰 힘이 되었다. 아주 쉽고 단순하게 편안한 장소에서, 허리를 바르게 펴고, 호흡하고 있는 나를 느껴주면 된다. 타이머를 설정하는 것도 괜찮다. 생각이 다른 곳으로 가거나 주의가 흐트러져도 괜찮다. 알아차리고 다시 원래의 집중하던 초점에 호흡을 맞춘다. 이미 알고 있는 것이라 할지라도 실행에 답이 있다.

우리는 특히 나 자신과 내가 아닌 것에 대하여 분별이 필요하다. 굉장히 단순하지만, 일상생활에서 놓치는 경우가 많다. 일단, 편의상 마인드(에고) 영역, 자아의 영역을 분별하면 나답게 살기가 더 쉬워진다. 원래의 나의 목소리인지 마인드가 재잘거리는 것인지 알아차리고 에너지 낭비를 멈추기 쉬워지기 때문이다.

명상을 통해 비로소 내면의 대화하기가 더 수월해진다. 마인드의 속성은 비난과 비교, 거짓 비판을 일삼는다. 사실이 아닌 것에 대하여 부풀려 생각하고, 오해하거나 고통스러울 때를 가만히 들여다보면, 마인드가 장난하는 것이 보인다. 비난의 영역에서 마인드가 재잘거리고 있다면 파괴적인 자아가 에고(마인드의 행동파 대장)로서 기세등등해진다.

자아의 속성은 다음과 같이 나눌 수 있다. 건설적인 자아는 일이나 성취감을 얻으며 더욱 더 나은 방향으로 나아가고자 하는 행위적 주체이고, 부정적인 감정들을 이끌고 나를 끌어내리는 파괴적인 속성을 지닌 자아는 한없이 나를 자괴감으로 끌고 내려간다.

본성 즉 진짜 나와 만나면, 마인드가 재잘거릴 때 그것이 내가 아님을 깨달을 수 있다. 악기를 연주할 때 생각 없이 손가락만 돌리는 연주가 내가 아니듯, 내가 나를 연주할 때 사람들은 감동을 얻고 가슴으로 그 소리를 온전히 느끼고 대화한다. 음악은 영적이다. 본성의 내맡김이기 때문이다. 명상도 이와 같다.

내가 나를
치유하는 두드림

나는 행복이 내적인 만족감이라고 느낀다. 특히 바이올린을 좋아하는 학생들은 내적인 만족감이 크다. "바이올린이 왜 좋니? 어디가 좋아?" 그러면 "소리가 너무 아름답고 바이올린의 그러한 소리를 들으면 너무 행복해요. 무대 위에서 사람들에게 연주해 주는 것도 좋고 내가 반짝반짝 빛나는 것도 참 좋아요." 특히 행복하다는 이야기가 참 좋다. 어떤 경우는 억지로 부모님이 시켜서 하는 학생들의 경우들도 더러 만나지만 감사하게도 내가 만난 아이들과 성인들은 바이올린을 참 좋아하는 사람들이다. 그 현의 울림에 매우 공감하며 잘하고 싶은, 아름다운 소리를 내고 싶어 하는 이들을 만날 때면 영감을 받는다.

그렇게 행복해지는 것, 그것은 가슴속이 충만해진다. 하지만 나는 행복한 것이 어떤 느낌인지 알고 싶었던 때가 있었다. 도대체 행복한 것이 뭔지 가슴속이 뻥 뚫어진 것 같은 느낌을 지우고만 싶었다. 책에는 좋은 말들이 있고, 사람들도 긍정적인 이야기를 하지만, 내 마음이 다치고 힘들고 고통스러울 때는 좋은 글귀도 한낱 단어들에 지나지 않는 무생물과도 같았다. 마치 다리가 부러져 목발 없이는 걷기도 힘든데, 자신이 힘든지도 모르고 자꾸 '왜 안 뛰어? 정신 안 차려?' 하며 앞으로 나아가려고 하는 것처럼, 내가 내 삶에 대한 존중이 없었다. 그것을 깨닫도록 삶은 일련의 사건들을 던져준다.

비전에 대한 시작

악기를 연주하고, 먹고 사는 생존의 차원을 넘어서지 못할 때 나는 미래를 걱정했다. 남들 가는 길을 가지 못해서 어떡하나. 이렇게 살다가 어떻게 하지? 끊임없이 남들이 나를 평가하는 시선을 두려워했다. '이만큼 배웠는데 더 배워야 하고, 도태되는 것은 아닐까?' 하며 정작 내가 원하는 것들을 바라봐 주지 못하는 것이다. 가슴 깊은 곳에서는 돈을 많이 벌어서 예술 하는 사람들이 마음껏 뛰어놀 수 있는 공간을 만들고 무료로 장소를 개방하며 사람들을 살리는 그런 환경을 만들어나가는 소박한 바람이 있었음에도 불구하고 말이다.

'책 한 권으로 인생이 바뀔 수 있나?'라고 생각했던 나는 지금 와서 돌이켜보면 이 책 한 권이 나를 찾게 되는 시작점이었다. 아무 것도 아닌 나 자신이지만 내가 이렇게 쓰는 책이 누군가의 삶이 변화하는 시작점이 된다면 얼마나 영광일까 상상해 본다. 그리고 그 책은 '나는 왜 하는 일마다 잘 되지?'라는 책이었다. 그 후, 저자이자 한의사이신 최인원 원장님 그리고 이진희 원장님, 이정환 원장님, 정유진 선생님을 비롯해 멤버들과 함께 울고 웃으며 내면 치유 작업을 이어갔던 시간이 있다. 수십 년간 앓고 있었던 금속 알레르기가 자유 감정 조절 기법, 두드리는 침술과도 같은 EFT Emotional Freedom Technique를 통해 치유된 것을 경험하고 (연습하지 않아도 직업병처럼 돌아있던 왼쪽 목 부분의 일명, 영광의 상처) 멘토님의 말씀처럼 몸과 마음이 연결되어 있다는 것을 완전히 깨달았다.

앞장에서 이야기한 잠시 연주만이라도 하고 온 뉴욕 한복판에서 나를 알기 위한 무료 검사가 있었다. 영어로 되어 있었지만 친절히 단어 설명을 받았고, 우울 지수가 마이너스 200이 나왔다. 튜터는 내게 정말 도와주고 싶다고 했지만, 이방인인지라 감사하다며 나온 적이 있다. 내 정신, 본래의 나는 천성적으로 긍정적이었기에 마음속에서 분리되어 있다 느낄 때마다 고통스러웠다. EFT로 많은 치유가 되었고, 내가 전문가가 되어서 나처럼 고생할지 모르는 사람들을 도울 수 있겠다는 그 생각 하나가 심리치유 전문가 자격을 갖추도록 인도했다.

내 안의 나를 찾는 재미를 느꼈다. 물론 그 뒤에 경험들이 폭포수처럼 올지는 몰랐지만 3만 시간 이상의 임상과 데이터들을 통해 나뿐만 아니라 타인의 성장에도 기여할 수 있게 되고, 마음껏 배움을 나누고, 좋은 학생들을 만나 최고의 음악 소리를 즐길 수 있도록 만드는 프로세스를 계발하는 것이 기뻤다.

아주 자연스럽게, 예전에 바이올린을 배우던 후배의 연락으로 코칭 상담에 몰입했던 나는 바이올린 레슨의 기쁨을 다시 느낄 수 있게 되었다. 내가 만든 음악을 나누려고 가입한 유튜브 채널이었지만 취미 바이올린의 성인들도 전공생들처럼 레슨을 복습할 수 있도록 <나뮤직> 챕터에 올리기 시작했다. 어디에 홍보도 하지 않았는데 구독자분들이 늘기 시작하면서 좀 더 깊이 있는 기본기 레슨들도 올렸다. 그 동영상들은 조회 수 1만 회가 넘어가기 시작했다. 유튜브라는 매체를 통해 이미 내가 꿈꾸던 예술 하는 사람들이 마음껏 뛰어놀 수 있는 공간이 온라인에 이미 있다는 것을 깨달았다. 깊은 만족감을 얻었다.

본래의 '나'를 발견하고 힘과 위로를 얻으며 에너지를 얻을 수 있는 채널로 성장하길 소망한다. 그렇게 나아갈 수 있음에 감사하다.

이 모든 것은 나를 찾는 두드림, EFT에서 시작되었다.

셀프 두드림

EFT 그 기법을 단순하게 하여, 단 몇 줄로 요약을 한다면 이러하다.

1. 하나의 기억 선택, 그 관련 떠오르는 감정 중 하나 체크, 주관적인 고통지수 1-10 사이의 수를 체크한다. (고통지수가 매우 크다면, 전문가의 도움이 필요하다.)

2. 시작 확언 : 도움 되는 심호흡 3회와 한 손의 손날 타점을 검지와 중지로 함께 3회 두드리며 무의식의 문을 열어준다. "나는 이 기억에 대해 이러한 감정이 00 숫자만큼 괴롭지만 그럼에도 불구하고 나를 있는 그대로 사랑하기를 선택합니다." (혹은 받아들입니다.)

3. 경혈 자리 두드림 : [그림 참조], 경혈 자리 당 약 10회 정도 두드림 그 후 심호흡 3회(감정적 변화 체크)
<140-141페이지 순서대로 2~3세트 반복>

방법 넷. 나를 찾고 나를 만나는 행동 매뉴얼

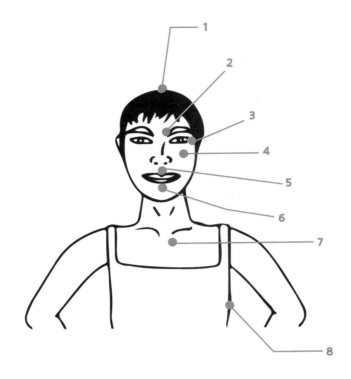

1. 백회(정수리)

2. 눈썹 눈썹의 안쪽 끝

3. 눈웝 눈가 바깥쪽

4. 눈밑 눈 아래 2.5cm지점

5. 코밑 코와 입술 중간지점

6. 입술아래 아랫입술과 턱의 중간 지점

7. 가슴 압통점

흉골 위 오목한 부분에서 아래로 7.5cm 내려가고 옆으로 7.5cm 벗어난 좌우두지점
(간단하게 양 유두 위의 가슴 부분을 넓게 만져서 아픔을 느끼는 지점)

8. 겨드랑이 아래

옆구리 가운데를 지나는 가상의 수직선이 유두를 지나는 수평선과 만나는 지점

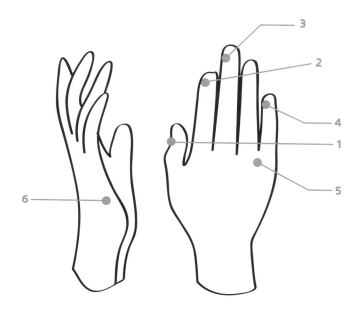

1. **엄지** 엄지손톱의 바깥쪽 모서리

2. **검지** 검지손톱의 엄지쪽 모서리

3. **중지** 중지손톱의 엄지쪽 모서리

4. **소지** 소지손톱의 엄지쪽 모서리

5. **손등점** 약시와 소지가 만나는 부위에서 1cm 안쪽 지점

6. **손날** 태권도에서 손날로 격파할때 격파 대상에 손이 닿는 지점

4. 마무리 확언 : 심호흡 3회와 손날 타점 3회 두드리며 무의식의 문을 닫아준다.

"이 기억과 감정들을 또 다른 안전하고 편안한 때에 다시 다루어주는 것을 선택합니다." 그리고 심호흡 3회.

위와 같이 두드리다 보면 핵심 감정에 도달할 수 있다. 가령, 어떤 일에 대해 수치심 8, 분노 4, 슬픔 5의 주관적 감정들이 느껴진다면 한 감정이 0이 될 때까지 부드럽고 자유롭게 경혈을 두드려 줄 수 있다. 감정의 변화를 경험하는데, 분노가 갑자기 급상승한다면, 그와 관련된 유사 기억의 감정들이 나를 괴롭히는 것이라 볼 수 있다.

그러면 치유 노트에 기록해두고, 다시 처음 감정으로 돌아가 두드림을 되는 만큼, 되는대로 해볼 수 있다. 그렇게 그 감정들과 만나게 되면서 내가 나의 그 감정들을 자유롭게 풀어줄 수 있다. 슬픔으로 시작했는데 분노로 이어질 수 도 있고, 무력감으로 이어질 수도 있다. 그것들을 하나하나 아기다루듯 세심하게 두드리며 억눌렸던 감정들을 풀어줄 수 있다.

그럼에도 불구하고
다행이고 감사한 것들
발견하기

내 안에서 어떤 에너지의 흐름이 막혀있다고 느낄 때 이 말을 기억하곤 한다. "어제와 똑같이 살면서 다른 미래를 기대하는 것은 정신병 초기 증세이다." 알베르트 아인슈타인의 이 메시지처럼 어떤 습관이 나를 옭아매는지 보지 않았기 때문이다. 그리고 그조차 힘들 때는 자각도 쉬어주는 것을 추천한다. 또한 과거에 갇혀있을 때 내 안의 힘을 온전히 사용하기 어렵다. 지식과 지혜와 실질적인 도움이 필요하다.

예전 상담에서 만난 분들의 공통적인 특징은 돈이 많으면 좋다고 생각하면서도 돈에 대한 부정적인 생각들을 꽉 움켜쥐고 있는 것이었다. 돈에 대한 상처부터 돈을 인격적으로 대하지 못하는 패턴, 특히 아버지와의 관계를 풀어나갈수록 돈과 관련된 이슈도 술술 풀리는 경험들이 놀라웠다. 돈과 관련된 부정적인 생각의 나를 인정하지 못할수록, 돈과 관련된 어려운 문제들을 겪게 된다.

어두운 밤, 시골 밭길에서 어떤 두꺼운 밧줄을 밟았다고 가정해보자. 뱀을 밟은 것은 아닌지 순간 엄청난 두려움이 몰려온다. 하지만 불을 밝히고 그것이 밧줄인 줄 알아차리게 되면 즉시 안도하게 되듯, 우리의 뇌는 '알아차림'의 근육을 강화할 수 있다. 그 강력한 알아차림은 행동을 변화시킨다.

행동을 변화시키는 뇌의 세 가지 기준

경이로운 인생 코치 앤서니 라빈스는 '네 안의 잠든 거인을 깨워라'라는 지침서에서 뇌의 세 가지 기준을 말한다. 심한 고통이나 큰 즐거움을 느낄 때 뇌는 즉시 그 원인을 찾는다고. 그때 뇌가 따르는 세 가지 기준을 알아보자.

1. 뇌는 그 상황에 독특한 무엇인가를 찾는다.

고통이나 즐거움을 느낄 때의 비슷한 원인으로 범위를 좁혀서 그 상황이 일반 상황과 무엇이 다른지 구별할 거리를 찾는다. (이 상황이 그때랑 뭐가 다른 거지?)

이것은 심리학에서 근접의 법칙이라고 알려진 것과 같이 고통스럽거나 즐거운 일이 있던 순간과 거의 동시에 발생한 일이 아마 그 원인이라는 것이다. (이게 원인인가 본데?!)

어떤 고통이나 즐거움을 느낄 때 뇌는 즉시 근처에서 어떤 특별한 것이 일어나고 있는지 찾기 시작한다. 앞서 두 가지 기준을 만족하는 요인이 어떤 고통이나 즐거움을 느낄 때마다 동시에 발생한다면 그것이 원인이라고 확신하게 된다. 문제는 이런 고통이나 즐거움을 느낄 때, 언제나 그것이 원인이라고 단정한다는 것이다. 어떤 일을 처음 했는데 너는 왜 항상 그러니? 넌 항상 그래! 이런 핀잔처럼 말이다. (우리 뇌 주인님은 이게 원인이구나! 확신하고 인정해버린다.)

어떤 일에 대해 원인이 잘못되었다고 생각하는가? 옳은 해결책을 찾을 가능성을 스스로 막고 있지 않은가. 타인이 내게 지적하는 것이 아닌 내가 나를 정직하게 돌아보는 것은 감사의 상태에서 드러난다.

이직으로 힘들어 하던 친구가 있었다. 이직한 환경에서의 상사가 불편했다. 이 상황을 어떻게 변화시킬 것인가. 가만히 나를, 상대방을 있는 그대로 느껴보면 말로만 변화와 성장을 말하는지, 가슴으로 변화를 원하는지 알 수 있다. 내 인생에 대한 호의를 내가 나에게 베풀자. 그 상사의 잘못된 점들을 찾던 친구는 오히려 자신의 말투, 표정, 마음가짐 등 나 자신이 변화시킬 수 있는 것에 집중했고, 상사는 오히려 그 친구를 더 잘 대해 주게 되었다.

그저 내가 놓치고 있는 부분이 있지 않은지 잘 살펴 '보는 것'이 전부이다. 그리고 어려운 상황에서조차 다행인 것들을 찾으려 노력하며 안도의 호흡을 내게 선물해 줘라. 그 상황과 상대들은 내 안의 비워야 할 것들을 드러내 주는 마중물일 뿐이다. 알아차리면 불안 끝, 이너 피스! 내면의 평화가 찾아온다.

물론 그러한 상황을 내가 끌어당긴 것이라는 '인정'이 있을 때, 상황은 술술 풀린다. 내가 그 고통의 상황에서 오히려 상대방을 가

해하지는 않았는지 정직하게 살펴보는 것은 대단한 용기가 필요하다. 상대방은 그 자신의 몫이 있다. 자신이 살펴봐야 할 몫이 있다. 그것을 내가 강요할 수는 없다.

그렇게 나의 내면을 정직하게 들여다보는 것은 개인적인 책임감이다. 그렇게 결핍의 나, 치유의 나를 만나는 시간은 중요하다. 그럴때 가장 고차원의 감정, 깊숙한 감사를 경험하게 되기 때문이다. 라비, 헤롤드 쿠시너가 말하듯 우리가 이 세상에서 할 일은 단 하나의 위대한 돌파구적 행동보다는 매일 행하는 조그맣고 사려 깊은 행동 하나하나로 세상을 바꾸는 것이다.

나는 매일 순조로운 하루를 바라면서도, 내면에서는 긍정적으로 생각만 하며 진짜 책임져야 할 어떤 요소를 행동하지 않는 것이 있지는 않은지, 매일 나 자신에게 조그맣고 사려 깊은 행동들을 실행한다. 내가 나에게 하는 것이 쉬워질 때 그렇게 타인에게도 그러한 사려 깊은 행동들을 준비할 수가 있다.

예를 들어, 바이올린 연주와 교육에서 기본기를 다룰 때 늘 스스로 알아차릴 수 있도록 일깨우는 것이 바로 음정들을 미리 '준비'하는 것이다. 준비한다는 것은 내가 무엇을 연주할지 어떻게 연주할지 알고 선택하며, 그렇게 할 태세가 되어 있다는 것이다. 그럴 때 날아다니는 손가락 연주가 아닌 사뿐히 자기 차례를 기다리는 준비된 왼손처럼 기본 중의 기본이 된다. 인생과도 같다고 나는 생각한다.

물론 그 준비하는 왼손의 음정이 틀릴 수도 있다. 하지만 그 시행착오들을 아주 느리게 연습하며 빌드 업하듯 하나씩 내 것으로 만들자. 자신감을 갖게 될 때 내가 칠하고 싶은 색깔로 마음껏 연주하는 도화지 그림을 그릴 수 있게 된다. 마찬가지로 그렇게 삶을 준비하는 마음은 매 순간 감사한 것들, 에너지가 고갈되어 있을 때는 그럼에도 불구하고 다행인 것들을 찾는 뇌의 주파수를 올리는 것, 나를 위한 최소한의 사려 깊음이다.

하지 않아도 괜찮아

어떤 문제들을 겪을 때, 그 경험에서 문제를 박스라고 칭한다면 그 박스 안에서는 사방이 박스 안에만 보인다. 내가 왜 이런 일들을 겪어야 하지? 원망, 분노 등에서 빠져나오기 힘들 수도 있다. 그리고 우리는 해결하기 위해 누군가에게 도움을 요청할 수 있다. 누군가에게 도움을 요청한다는 것은 겸손할 때 가능하다.

그리고 필요하다면 자신만의 동굴로 들어가 나만의 시간을 가질 수도 있다. 나는 그 모든 경험이 가치 있다고 생각한다. 그러면서 자신만의 해결 방법을 체득해 나아가기 때문이다. 하지만 그 박스 바깥으로 나와 위에서 박스를 바라보면 문제가 쉽게 풀릴 수 있다. 그 힘은 내 안에 있다.

나의 힘의 주도권을 타인에게 주지 말아야 한다. 감정적으로 휘둘리는 것 역시 그 순간에 주도권을 감정에, 타인에게, 나 자신이 아닌 것에 주는 것이다. 나를 지배하는 정신과 태도를 매일 새롭게 할 때, 주도권은 내게 있다. 악기연주의 주인은 나 자신인 것처럼 말이다.

나의 주도권을 남에게 주지 않아도 괜찮아.

우리는 스스로 그리고 주변 사람들로부터 에너지를 채울 수 있다. 주위에는 숨 쉬는 공기처럼 돕는 존재들이 있다. 이는 동시성의 원리로도 설명이 가능하다. 내가 무엇을 생각하고 원할 때, 그 일이 일어나는 것처럼 말이다. 각자에게는 자신의 역할들이 있고 정신적으로나 육체적으로 이완할수록 더 일이 순조롭게 된다. 에너지가 고갈될 때, 하지 않아도 괜찮다고 말해 주며 내면적으로 평온을 되찾는 것을 말한다.

　노자의 도덕경 23장에서와같이 회오리바람이 아침 내내 부는 것도 아니고, 소나기가 종일 내리는 것도 아니다. 우리 내면의 힘이 깨어나 나 자신의 힘을 내가 컨트롤할 수 있게 된다면 얼마나 재밌을까? 바이올린 연주도 마찬가지이다. 생각한 대로 표현하고, 내가 느낀 것을 듣는 사람이 느낄 수 있다면 황홀하다.

필요한 쉼. 쉼이 충만하면 가슴 깊은 곳에서 무엇이든 나의 선택이며 극복할 수 있음을 깨닫게 된다. 나의 주도권을 남에게 주지 않아도 괜찮다. 에너지의 선순환이 일어나게 된다. 무언가를 하지 않아도 괜찮을 때가 있다! 자연스럽게 깨닫게 되는 때가 오기 때문이다.

주도권이 내 안에 있을 때, 모든 존재에게 감사하게 된다.

"당신은 당신이 사랑하는 일을 찾아야만 한다."
_스티브 잡스

우리는 나를 사랑하는 일이 생계를 넘어, 지위를 넘어, 삶의 미션을 넘어, 자아실현의 길을 여행한다. 나를 극도로 고통스럽게 한 사람도, 사건도, 되돌아보면서 그 부정적인 사건에서도 감사할 수 있는 긍정적인 부분들을 찾을 수 있다. 하지만 그것은 나 자신에게 여유가 있을 때 가능하다. 그 여유는 신경 끄기 기술을 체득할 때 즉, 이완된 상태에서 찾아온다.

문제 상황에서 타인을 가해자, 나를 피해자로 인식하는 프레임을 거둬들이면 부정적으로 보이는 그 사건 속 긍정적인 깨달음을

발견하게 된다. 내 안에서 어떤 평화로운 힘이 생기는 것을 알 수 있다. 나를 있는 그대로 바라보고 존재를 인정해 줄 때, 동정도 연민도 아닌 있는 그대로 나 자신이 될 때, 온전히 모든 존재에게 감사할 수 있다. 감정 속에서, 휘둘리는 것에서 나와야 비로소 보이기 시작한다.

고통을 겪었던 사건을 그때 그랬지 정도에서 뭔가 혼란스럽듯 감정들이 다시 떠오른다면 그것은 내면적으로 해결된 것이 아니다. 그 해결 과정에서 깨달음의 선물이 온다. 내가 어떤 패턴으로 비슷한 상황에서 반응하는지를 발견해보자.

나는 얼마 전, 상대방이 에고로서 말하고 내가 말하는 것에 대해 전혀 인정이 없었던 경우가 있었다. 상대방이 받아들임이 없다면, 나 역시 굳이 이야기를 나눌 필요가 없다. 하지만 그 사소해 보일지 모르는 진실을 들여다보면 타인의 시선을 굉장히 중요하게 여기는 나를 찾을 수 있었다. 그래서 자꾸 뭔가 해결하려고 하고, 대화가 통하지 않는데 자꾸 노력하려고 하고, 상황을 좋게 만들려고 말 그대로 애쓰게 되기도 한다. 상대방의 입장에서는 내가 잘못한 것이다. 그럴 때마다 오히려 거시적인 관점으로 바라보면 지혜롭게 말할 수 있다.

그러면 에너지는 불쾌하고 부정적인 흐름이 아닌, 사랑으로부터 출발한 선순환이 된다. 그것은 바이올린 연주에서도 그대로 원리가 적용된다. 마음의 문을 닫은 채, 해야만 한다는 생각에 짓눌려 연습을 하고, 이 음악이 주는 메시지에 귀 기울이기보다는 기술적인 측면에서 벗어나지 못하는 경우들이 있다. 공허한 활긋기가 된다.

그럴 때 멜로디와 하모니를 가슴으로 느끼고, 그 모든 음들에 감사함을 느끼면서 음들을 살아있는 인격처럼 대할 때 나의 손끝을 통해 울리는 음정들은 말 그대로 어떤 신비로운 힘을 지닌다. 그것은 음악이 존재함에 대한 감사이다. 이러한 것들은 하지 않아도 괜찮다고 나 자신에게 말해줄 수 있는 여유에서 시작된다. 그 여유는 살아숨쉬는 것처럼 회복력을 지닌다.

고요한 상태에
머무르는 시간

"내 경험에 따르면, 우리에게 가장 필요한 스승은 지금 우리 곁에 있는 사람들입니다. 우리의 배우자, 부모, 자녀들이 바로 우리가 소망하는 가장 명쾌한 스승들입니다. 그들은 우리가 보고 싶지 않은 진실을 우리에게 보여줄 것입니다. 다시 또다시, 우리가 그것을 볼 때까지... 내가 집에 돌아온 뒤 처음 몇 달 사이에, 우리 아이들은 전에 어머니로 알던 여자에 대해 어떻게 생각했는지 내게 솔직히 말해 주었습니다. 예전에는 혼날까 봐 말할 수 없던 얘기들이었지요.

큰아들 바비는 이렇게 털어놓았습니다. '엄마는 언제나 나보다 로스를 더 사랑했어요. 엄마는 늘 그 애를 가장 사랑했어요.' (로스는 작은아들입니다.) 이제 나는 귀 기울여 들을 수 있는 어머니였습니다. 나는 그 얘기를 듣고서 내면으로 들어갔고, 고요히 침묵했습니다.

'이 말이 진실인가? 이 애의 말이 옳은가?' 나는 진심으로 진실을 알고 싶어서 아이들에게 솔직히 얘기해 달라고 부탁했고, 그래서 이제 나는 대답을 찾았습니다.

'애야, 정말 그렇구나. 그래, 네 말이 맞아. 나는 그때 뭐가 뭔지 몰라 몹시 혼란스러웠단다.' 나는 그 모든 고통을 견디며 살았던 그 아이에게 내 스승으로서 깊은 사랑을 느꼈고, 한 아이를 다른 아이보다 더 좋아한다고 생각했던 그 여자에게도 깊은 사랑을 느꼈습니다."

_바이런 케이티 '네 가지 질문 중에서'

내면으로 들어가 고요한 가운데 질문을 떠올리는 것은 침묵 속 대화이다. 그 상태에서의 마음속 대화는 자신에 대한 공감과 타인에 대한 공감을 하기에 더욱 수월하다.

고요한 내면의 상태에서 감정을 통제하라.

나를 순리에 내맡기면 관찰하는 대상과 관찰하는 내가 하나인 것이 보인다. 즉, 보고 싶은 대로 본다는 것이다. 고요한 상태에서 바라보기는 나를 스트레스에 가두지 않는다. 올바르게 보게 된다. 매일의 작은 연습이 필요하다.

'미치지 않고서야'의 저자는 회사나 인간 모두 돈과 감정에 따라 움직이기에 이 두 가지를 제대로 통제하는 것에 주의를 기울였다. 자기만족만으로는 사람은 물론 회사도 움직여주지 않기 때문이다. 회사에 온라인 살롱이라는 새로운 흐름이 분명히 생겨날 것을 주장하며 운영했다. 출판사 사원으로서 온라인 살롱을 운영하는 사원은 이 편집자 하나였다.

그로부터 일 년이 지나 온라인 살롱은 하나의 흐름이 되었다. 하지만 인간은 감정에 따라 움직이기에 건방진(저자의 표현) 인간에게는 반감을 사게 된다. 그렇기에 그는 먼저 땀 흘리고 일하며 제대로 감사를 표현한다. 그렇게 자유로워지기 위해 돈과 감정을 통제하고 동료와 싸우려 드는 것이 아닌 싸울 대상은 회사밖에 없다는 것을 진작부터 깨달았다. 회사를 이용하고 회사에 보답하는 것을 말이다.

돈에 휘둘리고 감정에 휘둘리면서 일어나게 되는 일 중 가장 핵심적인 것은 나를 파괴한다는 것이다. 남과의 비교로 움츠러드는 것도, 감정이 자신인 것처럼 동일시되어 일을 그르치는 것도 나를 사랑하지 않은 것에 있다.

존경하는 협태산(이정환) 선생님의 표현처럼 100% 이기적이면 타인에게 상처 주지 않는다. 내가 하는 어떤 행동, 그것이 가슴에서 나온다면 일을 행복하게 할 수 있다. 그리고 보다 더 겸손하게 만들어준다. 겸손이란 자기 자신을 낮춘 정신이면서 내가 어디에 있는지 나를 분명하게 아는 것을 뜻한다. 이러한 내면의 힘은 고요하게 나를 찾고 만날수록 강인해진다. 그 강인함은 오롯이 부정적인 에너지로부터 나자신을 안전하게 지키고 보호하는 힘이 된다.

바이올린 연주는 내면의 고요이다.

나를 관찰하기 좋은 도구 중 하나가 바이올린이다. 연주할 때 내가 어떤 연주를 하고 있는지 '나'를 느끼는 것이다. 등산에 비유할 수 있다. 산을 오를 때에 둘레 길을 천천히 걸으며 갈 수도 있고 직선 길을 올라갈 수도 있다. 하지만 내가 오르는 그 길에 놓여있는 다양한 불확실성이나 어려움을 이겨낼 예리한 알아차림과 경험이 필수적이다. 산을 하나 오르고 나면 또 그다음 산이 나오고 또 그다음 산이 늘 있기 때문이다. 그것은 내면이 고요한 상태일수록 산을 즐겁게 오르내릴 수 있는 동력이 된다.

그렇게 아주 날카로운 알아차림의 레벨과 나를 발견하는 힘을

키워나갈 때, 정상만을 목표로 나아가다가 비전을 잃어버리는 것이 아닌 생존을 넘어서 나로서 살아가기가 시작될 수 있다.

　나는 바이올린을 연주할 때, 레슨할 때, 음들이 내게 들려주는 이야기에 귀를 기울인다. 작곡할 때도 마찬가지이다. 바이올린 연주는 노래와도 같다. 산을 오르며 들꽃의 생김생김, 나무들의 살랑 일어나는 바람결 사이 속삭임 등 상상할 수 있는 이야기는 무궁무진하다.

　그래서 나는 창작하기를 즐긴다. 기존의 곡들을 새로운 느낌으로 재창조하는 것도 좋고 아무것도 없는 새하얀 도화지에 그림을 그리듯 새로운 멜로디들의 작곡도 늘 설렌다. 그러면서 음악적 멜로디 색깔이 주는 그 안의 깨달음이 나는 참 좋다. BTS의 LOVE YOURSELF처럼 음악이 주는 에너지를 느낄 때마다 내 안의 사랑이 샘솟는다. 있는 그대로의 나를 껴안게 된다. 음들이 들려주는 이야기는 내 안의 본성을 더욱 신뢰할 수 있는 힘을 준다.

NBA의 명장 필 잭슨이 "위대한 농구팀에는 신뢰감이 형성되어 있다. 위대한 팀은 누구에게나 패스를 한다. 농구선수에게 공은 커뮤니케이션의 도구이므로 말과 같은 존재이다. 위대한 팀이라면 만약 누군가 공을 잘못 받아서 공이 아웃되더라도 다시 그 선수에게 공을 패스한다. 그럼으로써 모두가 그를 신뢰하고 있다는 뜻을 전달하여 그 스스로가 보다 자신감을 갖고 더 잘 할 수 있도록 도와주는 것이다. 요컨대 커뮤니케이션에 의해서 구축된 신뢰야말로 위대한 팀을 만들어낸다."라고 하듯 고요한 상태에서 바이올린 연주, 교육의 여정은 내 곁의 사람들을 스승으로 여기게 된다. 그 차분한 상태에서 일어나는 호흡, 그 숨은 타고난 신뢰심과 연결되어 보다 더 잘 사는 나로 만들어주는 위력을 갖게 된다. 정신영역의 승리와 같은 단어를 여기에 써보자. 나를 하찮게 대하지 않고 가장 귀하게 대하며 그 힘으로 삶을 살아보자. 같은 주파수의 귀인들을 만나게 되기 때문이다.

나와 화해하기

나는 악기연주는 '실제로 해 보면서' 익히게 되는 기술과도 같다고 생각한다. 의술을 의과대학에서 배웠다고 해도, 수련의 근무시간 이 필요하듯 실습 즉 실제 상황에 적용하는 연습이 필요하다. 특히 바이올린은 무척이나 섬세한 악기이다. 물론 모든 음악이 안 그런 것이 있겠냐만 이 악기는 기본적인 단계 즉, 왼손과 오른손의 연주 원리와 이해를 통해, 몸에 체득되는 것이 중요하다.

나는 하루 10시간씩 연습해도 실력이 늘지 않는 때가 왔었다. 바로 그 순간이 나 자신과 화해하고 사랑할 기회였다. 소리가 좋아지 지 않는다고 나를 셀프 비난하거나 싸우는 것이 아닌 '내가 많이 힘들었구나, 나를 위해 무엇을 해줄 수 있을까?'라는 질문을 통해 나 자신과 싸우는 것이 아닌 화해의 물꼬를 틀 수 있다.

"사랑은 비 내린 뒤의 햇빛과 같이 위로가 된다. 하지만 갈망은 햇빛 뒤의 폭풍우와 같다. 사랑의 온화한 봄은 언제나 새롭다. 하지만 갈망의 겨울은 여름이 반쯤 끝나기도 전에 온다. 사랑은 물리게 하는 법이 없고, 갈망은 식충이처럼 죽는다. 사랑은 모두 진실이고, 갈망은 위조된 거짓으로 가득하다."

_윌리엄 셰익스피어, 비너스와 아도니스

나를 찾고 화해하면, 깨달음의 영역이 확장된다.

유튜브 제로창업 <콘텐츠해커> 운영자 신태순 대표님의 경험들과 통찰력은 매우 단순하고 깊다. 그는 이렇게 말한다.

"우리의 시선이 머무는 곳에 에너지도 따라 머문다. 보통 우리의 시선은 내부보다 외부로 향해 있다. 미디어, 언론, 가족, 동료 이들의 말과 의견에 따라 인생의 중요한 결정을 반복한다. 나에게 결정권이 있는 삶이 아니라 외부에 결정권을 넘겨준 삶을 반복해서 살다 보면 잘 사는 것처럼 느껴진다. 잘했다는 이야기를 듣게 될 것이고, 응원받을 것이기 때문이다.

하지만 살다 보면, 항상 외부에 시선이 머물기만 할 수는 없다. 단 하루, 단 일 초라도 내부로 시선이 돌아오는 때가 반드시 존재한다. 그럴 때 밀려뒀던 숙제들이 폭풍처럼 머릿속을 휘몰아쳐서 괴로움을 느낀다. 이제껏 살아왔는데 내 인생의 의미가 무엇인지 모르겠고, 내가 결정할 수 있는 것은 아무것도 없는 것 같고, 아무리 열심히 살아도 끝나지 않는 비교의 시간 속에 불안감을 느끼는 자신을 발견하게 된다.

이렇게 잠깐이라도 내부로 시선을 돌리면, 불안하기 때문에 그 순간이 오면 보통 외면을 하게 된다. 멍하게 TV를 보고, 술을 마시고, 자버린다. 나 역시 마찬가지였다. 외부에 머물던 시선이 20대 중후반이 되면서 생기는 삶의 변화에 의해 내부로 돌아오는 이벤트를 경험했다. 고시에 떨어지거나, 남들 기준에 맞춰 사는 게 불가능한 업을 선택하면서 계속 내부의 나에게 시선을 돌리는 일이 잦아졌다. 나 자신과 제대로 조우하는데 시간이 오래 걸리다보니 어색하고, 고통스러웠다.

어떤 것이 진짜 내 생각인지조차 의심된다. 이전에는 남들이 가라는 길로 가면 되었는데, 거기서 시선을 거두니 어디로 가야 할지도 모르겠고, 내부의 나도 길을 알려주지 않는다. 서운하고 답답하다. 하지만 곰곰이 생각해 보면 당연한 일이다. 평생 동안 내부로 시선을 돌려서, 진짜 나에게 관심 한번 주지 않았기 때문에 그곳에 머무는 에너지는 바닥을 보인다.

내면의 내가 힘을 발휘할 수 있는 에너지가 응축되지 않았기 때문에 내부의 목소리에 힘이 없을 수밖에 없다. 관심을 주고 묵묵히 기다려야 한다. 오래 문을 닫고 있었던 나 자신에게 끊임없이 노크해야 한다. 철저히 외면했던 시간만큼 간절히 노크할 때, 진짜 나는 문을 열어준다. 그리고 대화에 응한다.

'나는 도대체 어떤 사람인가요? 나는 내성적인가요? 외향적인가요?'

'둘 다 당신입니다.'

'나는 지금 어떤 선택을 해야 하나요? 뭐가 맞는 길인가요?'

'맞는 길은 없습니다. 끌리는 선택을 하고 어떤 결과를 맞이하던 그 길에서 필요한 것을 배우게 됩니다.'

나와의 대화를 통해서 알게 된 것 중에 하나가 균형이다. 이원론적인 세상에 익숙해져서 정답 하나를 찾아야 안심했던 나였는데, 어떤 선택을 해도 나에게 유리하게 흘러갈 것이라는 것을 느끼고 알게 되었다. 이것은 현실 곳곳에 평온을 가져다주었다.

마음, 행실도 평온해지고, 가족도 평온해진다. 번잡스러운 사건 사고에 휘말리지 않는다. 맑은 사람들이 다가오고 결이 맞지 않는 사람들은 자연스럽게 거리가 생긴다. 상식보다는 직관으로 선택을 하고, 그렇게 한 선택에 대해 확신을 가진다. 하는 일에 속도가 붙고, 주변이 결이 잘 맞는 사람들로 채워진다. 그 사람들로 인해서 또 성장의 속도가 붙는다. 깨달음의 영역이 확장된다. 더 많은 마음의 평온이 찾아온다.

그런 상태에서 글 쓰고, 강의하고, 영상을 만들고, 코칭을 하면서 살고 있다. 이 길만이 정답이라고 생각하지 않는다. 하지만 지금 내 삶과 결이 맞고, 시간 가는 줄 모르는 재밌는 일이 되었다. 오랜 기간 출퇴근 없이 살고 있고, 가족과 충만한 시간을 길게 보내는 삶을 살고 있다. 외부로 시선이 머물 때는 불가능하다고 느꼈던 삶을 수년 째 온전히 누리는 중이다. 내부로 시선을 돌려 에너지를 전달하고, 진짜 나를 만나서 가능해진 일이다."

나 자신과 화해를 하며, 진짜 나를 찾을 때 오는 축복의 결과들과 통찰에 고개가 숙여진다. 그 한 걸음, 한 걸음들이 너무나 소중하다. 단순하지만 지금 이 시간은 다시 돌아오지 않으니까. 최대한 내가 나에게 축복이 되어보자. 근기가 된다.

인생은 재밌는 소풍이다.

'부자의 말센스'의 저자이자 한국 비즈니스 협회 김주하 대표님의 이야기는 긍정에너지의 아이콘과도 같다. 그녀는 나를 찾고, 화해하는 경험에 대해 이렇게 이야기한다.

돈 하나 없이 꿈만 믿고 서울로 상경해서 끼니 먹을 돈을 아끼고 살던 나는 주변 친구들의 도움을 많이 받았었다. 같이 살던 고향 친구들의 '저녁은 먹었나?' 하며 차려주던 맛난 식사부터 격려까지, 추억 한편에 감사한 이름들이 새겨져 있다. 어느 날은 길거리를 걷다가 배가 고파 빵집 앞 빵 굽는 냄새에 발걸음이 멈춰졌었다. 차비 외엔 웬만하면 아껴 써야 했기에 빵을 너무 먹고 싶었지만, 침을 삼키며 돌아섰다. 이런 기도를 하면서 말이다.

"저... 빵 먹고 싶어요. 그런데 지금은 먹을 수가 없네요.. 저 보고 계시지요? 그럼 괜찮아요~ 대신 저 언젠가 빵 많~~~~~이 나눠주는 사람 되게 해 주세요." 지금이야 웃으며 말할 수 있지만, 그때는 눈물 머금은 기도였다. 그렇게 세월이 흐른 어느 날, 한국 비즈니스 협회의 우리 수강생에게 이런 얘기를 듣게 되었다.

"아, 오늘 간식도 빵이에요?! 그때 대표님이 드시고 싶었던 게 빵 말고 다른 거였어야 했어요~! 하하" 그날의 기도가 다시금 떠올라 뭉클해 하며 감사 기도했던 날이 떠오른다. 기도는 반드시 이루어진다. 꿈도 반드시 이루어진다. 지금 이 글을 읽고 있는 당신이 어떤 상황인지는 모르지만, 언젠가 삶을 되돌아봤을 때 웃으며 얘기할 수 있는 스토리가 될 것을 믿고 꼭 오늘 하루를 감사하며 살아갈 수 있기를 빌어본다고 말이다.

신태순 대표님 이야기와 같이 추상적인 것과 현실적인 것의 밸런스를 즐겨보자. 그 추상적인 것을 통해 마음껏 상상하고 행복할 수 있으며, 현실적인 삶을 살면서 그 행복을 삶에 적용할 수 있기 때문이다. 김주하 대표님처럼 소풍처럼 살아가 보자. 모든 순간에 감사하게 되기 때문이다. 우리 안에는 모두 그러한 내가 존재한다. 진정으로 나 자신과 화해하며 나를 찾아갈 때 비로소 발견하게 된다.

Chapter 05

방법 다섯,
지금 여기,
나를 발견하고 있니?
자문자답

꿈을 건드려
현실을 이루는 힘

"혼자서는 각자 작은 일을 할 수 있지만, 그 영향은 크지 않다.
하지만 함께라면 우리는 아주 특별한 일들을 해낼 수 있다!"
_비앙카 리손비

마음이 맞는 이들과의 협업은 더할 나위 없이 즐겁다. 그렇게 해내는 힘은 무엇일까. 꿈을 건드려 현실로 이루는 힘은 이 시대에 어떤 것일까.

나의 눈이 놀이에 맞춰지면 신나는 창조를 경험할 수 있다. 내가 내 삶의 주인공이기 때문이다. 식상할지 모르는 그 주인공이라는 단어가 정말, 나를 주인으로서 살아가게 하고 있는지 본다. 나의 눈이 기쁨을 바라보고 있다면 그것에 맞춘 삶을 즐기게 되고 우울감에 초점을 맞추고 있다면 그 정서에 머무르게 되기가 쉽다.

그러면서 자존감 도둑들을 만나게 되었을 때, 무방비 상태라면 나를 보호하기 어렵다. 에너지를 주기보다는 고갈되고 자신마저 종종 무기력감에 빠지기도 한다. 악순환의 패턴이 계속된다. 더 심각한 건 그조차 인지가 되지 않다가 번아웃처럼 그냥 자포자기 상태의 레벨이 될 때이다.

이때가 나를 어렴풋이 아는 것에서 나와 진짜 나를 발견할 때이다. 내가 나를 이렇게 몰랐나? 할 필요가 없다. 그 과정이 있었기에 나 자신을 발견하는 것의 중요성을 깨닫기 때문이다. 여기서 꿈을 건드려 현실로 이룰 수 있는 <현실 근력>이 생기는 시발始發점이 된다. 고전 시대 음악의 아버지라 불리는 바흐와 낭만 시대로의 연결인으로 추앙받는 베토벤의 정신을 상기하는 것 역시 도움이 된다. 혼자가 아닌 음악과 어떤 특별한 일들을 해냈는가.

진정성의 가치

합창 지휘 전공 김혜옥 교수와 천영준 선임연구원은 클래식을 위한 레슨에서 바흐와 베토벤에 대해 다루는데 먼저, 바흐는 '가치창출'이라는 관점에서 철저하게 진정성과 진지함 자체에 호소했던 사람임을 알려준다.

자신의 작품이 충실하게 목적을 반영하게 하는 데에 대부분의 관심을 기울였다. 다른 음악가들이 스타일과 트렌드에 맞게 작품을 작곡하고 관행대로 연주하는 과정에서 자신의 기교를 과시하는 것으로 가치를 입증해 나간 것에 비해 바흐는 자신의 음악은 오로지 '정격' 음악, 즉 하느님의 의도를 구현할 수 있다고 믿어지는 최상의 선율이어야만 한다는 원칙을 고수했다.

바흐는 일생 '진지함'을 금과옥조로 여기고 살았던 사람이다. 자신의 성향을 반영하는 작품을 새로 만들어내는 것보다는 다른 사람의 작품을 충실하게 고증하고 해석하는 과정 속에서 연주를 통해 실력을 입증해 나간 것이다. 오르간 독주회에 출연하면서 음악계로부터 성실성과 진지함을 제대로 평가받을 수 있었다고 한다.

또 그는 편집증에 가까울 만큼 완벽을 기하는 기질을 가지고 있었으며 작품의 정격성에 집중하기 위해 안정적 입지 구축에 따른 '겸업' 의무를 거부하고 잦은 이사를 다니기도 했다. 가톨릭과 루터교가 서로를 이단으로 비난하던 시기에 그는 국민적인 열기라는 기회 구조를 교묘하게 포착해 장례 예배를 위한 장송 칸타타를 작곡하고 상당한 히트를 했다고 한다. 얼핏 보면 꽉 막힌 완벽주의 예술가 같지만, 한편으로는 자신에게 오는 기회를 절대로 마다하지 않았던 감각 있는 장인이 바로 바흐였음을 알려준다.

내가 바흐의 무반주 바이올린곡들을 공부하며 소리의 민낯을 느꼈던 때가 떠오른다. 무반주곡으로서 꾸미는 기술을 다 걷어내어 철저하게 가장 밑바닥의 기본기를 드러낸다. 나 자신을 들여다보라고 애원하는 듯하다. 그 시대의 진지함, 집중력으로 돌파했던 바흐처럼 내가 어떤 가치를 중요시하고 만들기를 원하는지 초점을 맞춰보자.

그 삶의 이면에 흐르고 있는 강과 같은 에너지, 중요시 하는 것들에 대한 존중을 통해 상대방 역시 존귀하게 여길 힘을 얻는다.

위대한 전략가 악성 베토벤의 초점

이제 그다음 클래식을 위한 레슨에서 악성음악의 성인이라고 불리는 베토벤과 그의 음악에서 드러나는 그를 본다. 어떤 꿈을 건드려 현실로 이루었을까? 그는 22살부터 35년간 79번이나 이사를 했다. 한밤중에도 피아노를 치고 작곡을 하며 방안을 걸어 다니곤 했기 때문이다.

베토벤은 생의 절반 이상을 소리를 들을 수 없었던 사람이다. 음악가로서 소리를 들을 수 없다는 건 말 그대로 좌절과 절망이 가득할 수밖에 없을 것이다. 어느 날부터는 연주도 할 수 없게 되었다. 어려서부터 천연두를 앓았고 만성 소화불량과 만성 설사, 폐렴, 간 경변을 앓았다.

1802년, 하일리겐슈타트에서 보내는 유서에서 "한때 내가 가장 완벽하다고 인정받았던 청각이, 이제는 가장 치명적인 것이 되고 말았어. 다른 사람들과 즐겁게 이야기해야 할 때 위축된다는 사실을 생각하면 정말 몸서리쳐지고 가슴 아픈 일이지..."라고 표현한다.

하지만 그는 괴팍한 천재가 아니었다. 음악과 삶에 대한 강인한 의지를 굽히지 않았기 때문에 머릿속에서 울려 퍼지는 완벽한 하모니가 음악으로 세상에 나왔다. 오히려 청력을 잃고 난 시점부터 본격적으로 자신의 음악을 시작했다고 볼 수 있다. '열정' 소나타, '황제' 피아노 협주곡, '운명' 교향곡과 같은 강인하고 웅장한 곡들이 탄생했다.

직관력과 통찰을 통해 위기를 대처하고 하일리겐슈타트를 다녀와서는 더욱 열정적으로 자신의 곡들을 만들며 점점 후원자들의 의존도를 줄여가며 자체적으로 출판한 작품의 인세를 중심으로 채워지게 된다.

자신을 발견하고 자신의 것을 만들어나가는 그 여정은 가장 극한의 고통 속에서 시작되었으며 그의 성공은 오랜 세월에 걸친 내공의 산물이다. 가난했던 20대에 가장 효과적인 방법으로 대중을 설득하기 위해 노력했던 열정적인 예술가였으며 빈Vienna과 살롱

문화를 주름잡는 리더로서 성장했다. 핵심적인 힘인 청력, 연주력에 손상이 생기자 자기 자신을 돌아보며 가장 깊은 곳에 있던 '근원의 나'를 발견하는 통찰력도 갖췄다.

내가 베토벤이 유서를 쓴 곳을 여행하며 느꼈던 감정이 떠오른다. 그의 초점은 주체적인 삶이었다. 자신의 의견이 옳다, 그르다의 에고 게임을 하는 대신 당당하게 인간 존엄에 대한 자유와 이상을 위한 예술을 지향했다. 그 이면에 따뜻한 사람들과의 교제와 지지는 그러한 창의적인 에너지가 사회적인 지지 없이 불가능하다는 것을 입증해 준다.

천재적인 삶은 그 안에 정밀한 자기 성찰과 인내심, 그리고 어떤 조건과 상황에도 굴하지 않고 정면 승부하는 예술가로서의 정신이 있다. 위대한 정신력에 뿌리를 두고 베토벤이 위대한 전략가라고 할 수 있는 이유이다.

죽을 것 같은 영적인 고통 속에서도 자신이 보고자 하는 초점을 잃지 않았다. 그는 보이는 것만이 전부가 아닌 세상을 이미 봤던 것이다. 눈을 감으면 보이는 세상, 우리는 마음껏 상상할 수 있다. 그리고 그 눈을 통해 자신을 가두는 마음의 감옥에서 벗어날 수 있다. 힘과 권리는 내게 있다. 어디에 초점을 맞출지 내가 선택하는 것이다.

방법 다섯. 지금 여기, 나를 발견하고 있니? 자문자답

애쓰지 않고
원하는 결과를 얻는 방법

"죽을힘을 다해 정보를 모으고, 죽을힘을 다해 궁리하며, 죽을힘을 다해 선택지를 찾아낸 다음, 그 온갖 선택지 중에서 99.99%를 제거하고 하나로 압축합니다. 이것도 하고 저것도 하고 전부 다 하는 것은 전략이 아닙니다."

_소프트뱅크 손정의 회장

내 삶을 아이쇼핑하듯 손님처럼 살아갈 때에는 문제에서 멀어져 해결책에 이리저리 발만 담그게 된다. 그 온갖 선택지를 모으기 위한 노력과 압축하는 것은 나 자신을 찾아나가는 고요한 생략이다.

삶은 끊임없이 나를 알아가는 과정이다. 그 진실과 맞닿기 위한 과정. 어떤 이들은 극도의 고통을 통해 성장하고 그 경험들이 누군가에게 힘이 되기도 한다. 또 평범하게 살아간다 하더라도 존재만으로 빛이 된다. 그 누구의 삶도 존중할 만한 가치가 있으며 배움이 있다. 유익했던 두 가지 방법을 소개한다.

〈음미〉하는 걷기

바이올린 교육을 하면서 악기 연습하는 학생들을 보면, 음들이 어떤 이야기를 들려주는지, 내가 무엇을 표현하고 싶은지, 작곡자가 무슨 의도를 가지고 이 곡을 썼는지에 대한 공부 없이 그냥 연습하는 경우가 있다. 하지만 음악이 주는 메시지를 찾으려 할 때는 이야기가 달라진다. 매 순간 내가 뭘 하고 있는지, 뭘 연주하고 있는지, 어떻게 하길 바라는지 끊임없는 자각하면 연주와 연습의 질이 달라진다. 그러한 연주력은 감동을 준다.

걷기 역시 그냥 걷는 것과 음미하듯이 한 걸음 한 걸음 천천히 걷는 것은 차원이 다르다. 흙 알갱이 하나하나의 촉감을 느끼며 맨발로 걷는 것은 또 다르다. 나는 종종 등산을 맨발로 한다. 자유롭고 편안하게 숨을 고르며 아주 천천히 나만의 시간을 갖는 것이다. 그렇게 음미하며 걸을 때는 마른 흙, 젖은 흙 등 다양한 흙과 돌을 만날 수 있다. 자연은 그 무엇도 되려고 하지 않음을 느끼며 나

무에 손을 대거나 허그하며 깊은 호흡을 한다. 나무가 주는 특별한 쉼과 에너지를 얻는다.

우리는 도끼로 찍듯이 결단이 있어야 할 때가 있고, 있는 그대로 나를 쉬게 해줘야 할 때가 있다. 쉬어야 할 때 정신과 몸을 쉬게 하지 않고, 결단해야 할 때 여유가 없어서 하지 못한다면 밸런스가 깨진다. 그마저도 모두 필요한 경험이기도 하지만 음미하듯이 걷기는 내면의 힘을 되찾을 수 있는 활력을 준다. 그리고 나 자신에게 채근하지 않게 된다. 힘도 없는데 앞으로 나아가라고 밀지 말자. 도끼로 찍듯 결단하라고 아우성치지 말자. 그 모든 건 <내가> 결정하고 행동한다. 애씀 없는 애씀의 시작이다!

1층이 아닌 99층에서 바라보는 힘

1층이 아닌 99층에서 아래를 바라보는 힘은 방향성을 갖게 하고 그 길의 목적을 잊어버리지 않게 한다. 결국 나를 찾은 사람들은 원하는 것에 가닿는 시간을 줄인다. 필요한 힘만 사용한다. 우리는 각자의 상황이나 요인이 다 다르다. 이제 대학에 입학해서 코로나로 인해 교정도 밟아보지 못했을 수도 있고, 학교 휴학 후 적성에 대해 고민할 수도 있으며 취업 후에 오히려 이 직업이 내게 맞는지 고민과 스트레스에 쌓여 있을 수도 있다.

그 모든 것을 나 찾기와 연결하는 것. 그것으로부터 진짜 살아가기가 시작된다. 남의 인생이 아닌 나만의 길을 개척하는 데 있어서 모든 것을 잘하려 하기보다 가장 잘하는 것 하나에 집중해 보는 것이다. 어떤 나를 원하는가. 내 일은 어떤 욕구를 충족시키길 원하는가.

가장 높은 곳에서 바라보는 시야라면 내가 나를 어떻게 볼까? 어떻게 대할까? 시점은 가까이 보거나, 멀리서 보거나 자유롭게 선택할 수 있다. 무지개는 우리가 그림을 그려도, 사진을 찍어도 땅에서 찍기 때문에 늘 반달 모양이지만 무지개를 높이 하늘 위로 올라가서 보면 동그라미 모양이다! 그게 땅에서는 우리가 알고 있는 무지개 모양인 것이다. 자신의 내면을 볼 때도 그렇게 관점의 높이만

달라져도 시야는 확장된다. 내 안에 보지 못하던 것을 볼 수 있다.

죽을 거 같이 힘들 때조차 우리는 늘 선택한다. 가령, 악기 연습할 때 잘 안되는 부분을 해결하지 못하고 부족하다고 느껴질 때, 선택할 수 있다. 자기 비난으로 빠질지, 부족하다고 느끼는 부분을 될 때까지 해낼지, 놓아둘지 내가 선택하는 것이다. 자신에게 힘이 되는 말을 해 주자. 말에 에너지가 실리지 않으면 든든한 누군가에게 그 말을 해달라고 하는 것도 방법이다.

바이올린 연주도 수많은 음정 알갱이들의 <경영 축소판>이다. 연주가 잘 안되는 경우에도, 생각보다 좋은 결과가 나오기도 하듯 삶에서도 크고 작은 성취와 성공의 경험을 한다. 그 여정 중에서 본질은 단지 경험하기라는 것이다. 애쓰는 게 아닌 순리대로!

그리고 특히 악기 연주에서도 급하게 연주하는 경우가 있다. 그것 자체가, 단계를 급하게 뛰어넘는다는 뜻이다. 나는 그것을 하도 많이 해 봐서 급해지기 전 촉이 온다. 삶에서도 마찬가지다. 그럼 다시 높은 곳에서 나를 바라보듯 보듬어준다. 너만의 속도대로 가도 괜찮아! 라고.

연주도, 삶도 문제를 크게 또는 작게 자유롭게 바라보며 천천히 속도를 빌드 업하는 것이 중요하다. 과신하지 말자. 실수 없이 깨달음에 도달하는 건 불가능하다. 오랜 시간에 걸쳐서 쌓이는 경험은 그 자체만으로 값지다. 누구나 직간접적으로 경험을 해봐야 안다.

슬기롭다면 미리 문제를 피할 수도 있다. 그 후, 비로소 바꿔야겠다는 마음이 자연스럽게 생긴다. 지금까지와는 다른 행동방식으로의 변화가 일어난다. 시야의 확장이 일어난다. 1층에서 바라보며 애쓰던 노력이 저절로 애씀 없이 관조하는 99층에서의 바라봄처럼. 대기권의 높은 위치에서 동그라미 무지개를 내려다보듯이 말이다.

호흡에서 얻는 에너지

우리는 호흡한다. 마음속이 시끄러울 때마다 우리는 그 호흡을 통해 정신을 쉬게 할 수 있다. 숨만 잘 쉬어도 에너지를 얻는다. 나는 타인의 시선을 지나치게 의식하면서 배려를 하다 보니, 사랑받으려고 노력을 더 많이 하게 되었었다. 그러면 더 외롭고 공허해졌다. 하지만 감정은 내가 아니다. 내가 나를 기품 있게 해 주자.

그리고 깊은 호흡을 단전 아래로 내려보내면, 자각하는 힘이 강해진다. 일들의 과정과 결과 속에서 목적을 향해 가는 것에 도움이 되기 때문이다. 거기엔 호흡을 고를 줄 아는 것이 키포인트다. 어떤 깊은 숨을 쉴 것인지 선택하는 여유처럼.

호흡이 주는 선물

"나는 확실히 안다. 호흡은 나의 닻이며 내게 주어진 선물이다. 우리가 모두 지금, 이 순간에 중심을 찾을 수 있도록 선사 받은 선물이 호흡이다. 조금이라도 긴장을 느낄 만한 것과 마주칠 때마다 나는 하던 일을 멈추고 숨을 깊이 들이마셨다 내쉰다. 종종 무의식적으로 숨을 멈추고 있는 자신을 깨달은 경험이 누구에게나 있을 것이다. 주의를 충분히 기울여보자. 우리가 놀라울 정도로 줄곧 긴장 상태임을 알게 될 것이다. 스스로 통제할 수 없는 것을 내려놓고, 내 바로 앞에 있는 것에 다시 집중하기 위해서는 천천히, 깊이 숨을 들이마시고 내쉬는 것보다 효과적인 방법은 없다.”

_오프라 윈프리

스트레스가 많아진 이 시대 속에서 어떻게 나답게 살아갈 수 있을까? 내가 나에게 죄책감의 화살을 쏘지 않고 하는 호흡은 나답게 사는 것의 시작이다. 왜냐하면 부정적인 것들을 쏟아붓는 상대를 만날 때, 동화되지 않고 나를 지키는 방법이 되기 때문이다. 앞서 챕터에서도 간간히 말했던 호흡에 대해 좀 더 알아보자.

일단 마음속에서 진행되고 있는 감정을 인정해 준다. 그리고 깊은 호흡을 천천히 세 번 이상 한다. 호흡이 정돈되면서 감정이 제자리를 찾아간다. 의식은 호흡에 집중한다. 그리고 즉시 다행인 것과 감사할 수 있는 것을 찾는 뇌의 스위치를 켠다.

깊은 심호흡의 힘

걱정이 많아질 때 '과거로 돌아간다면 이렇게 했을 텐데.' 하는 후회가 들 때가 있다. 자존감이 낮은 나를 보며 밝아지려고 노력하지만 어렵다. 그럴 때 깊은 심호흡은 그런 나를 발견하며 그조차도 안아줄 수 있는 에너지를 준다.

가령, 내 안에 사랑이 없다면 어떻게 타인에게 줄 수 있겠는가. 나에 대한 사랑을 채우는 연습부터 시작이다. 목표가 아주 높은 꿈을 움켜쥐고 갈망하는 것을 어떻게 단번에 이룰 수 있겠는가. 가장 쉬운 것은 호흡하며 떠오르는 마음속 생각들을 노트에 기록해가는 것이다. 기억에서 날아가서 사라지지 않도록 그때그때 메모하듯 기록할 수 있다.

> "한 호흡 한 호흡 정성을 다해 호흡하면 생애 최고의 예술작품을 만들 수 있다."
> _오카다 도라지

바이올린의 한 음 한 음에 정성을 다하듯, 인간관계에서도 한 사람 한 사람 정성을 다해 본다. 나는 내 생애 최고의 예술작품, 마스터피스이기 때문이다. 괴테는 반짝이는 것은 순간을 위해 생겨났지만 참된 것은 사라지지 않고 영원히 남는 법이라고 한 것처럼 호흡 하나도 참되게 여긴다면 내가 얼마나 더 가벼워질까 생각해본다. 삶은 어떤 행동을 하는 것을 넘어 호흡이 본질이라고 생각한다.

바이올린 연주는 호흡하는 노래와 같다. 마음속의 멜로디를 어떻게 바깥으로도 표현해 낼 수 있는지, 그 과정을 배우고 즐기고 스스로 깨닫기도 하는 그 여정엔 호흡을 얼마나 잘하는지도 중요하다.

　그처럼 깊은 심호흡과 함께 내가 나를 찾고 만나는 시간이 필요하다. 생각하는 대로 살고, 노래하듯 삶을 살게 된다. 그 노하우가 익어갈수록 삶은 더 술술 풀리고 풍요로워진다.

　일전에 공황장애 초기 증상이 왔던, 대표님은 활력 있고 열정적이었던 나머지 번아웃이 왔고, 다시 초심으로 돌아가 라이프리뷰를 하며 호흡부터 다시 시작했다. 다루지 못했던 마음속 크고 작은 상처들을 보고, 느끼고, 치유하며 성장했다. 현재, 외국과 한국을 잇는 글로벌 인재로서 코로나에도 끄떡없이 개인 사업을 잘 운영하고 있다.

　호흡은 흉식, 복식 호흡 등으로 나눌 수 있다. 가슴으로 들숨, 날숨을 쉬는데 이러한 가슴 호흡은 복부에 가스가 차고, 소화불량 등 스트레스와 긴장 상태에 있음을 드러낸다. 들숨에 산소가 너무 조금 들어오는 과잉호흡으로 횡격막의 이완이 필요하다.

　목을 좌우로 천천히 돌리고 이완한 뒤, 들숨을 단전 아래로 깊고 천천히 들이쉬고 2배로 느리게 날숨을 쉬어보자. 복식 호흡은 숨을 들이쉴 때 배가 불룩 올라오고, 내쉴 때 내려간다. 이 심호흡은 횡격막이 수축하고 이완하는 데에 매우 효과적으로 명상에서 자주 활용하는 호흡이다. 몸이 스르르 이완될 수 있게 몸에 힘을 뺀다. 머리부터 눈썹, 얼굴, 목, 어깨, 몸통, 손, 골반, 다리, 발가락 하나하나 느끼고 이완하며 하는 호흡의 시간은 감정과 정신의 밸런스를 맞춰준다.

나를 만나는 거울
명상 3초의 힘

내가 나를 바라보는 연습이 지능도 바꿔놓을 수 있을까? 몸도 변화시킬 수 있을까? 가장 짧은 단위의 연습은 무엇부터 시작할 수 있을까? 나는 모든 것을 할 수는 없지만 할 수 있는 것이 무조건 몇 가지는 있다. 그렇게 시작한 연습이 잠깐이라도 거울을 보며 나와 마주하는 연습이었다. 내가 할 수 있는 것부터 시작해 내가 더 행복해지는 것을 방해하지 않겠다고 결정했다. 우리는 3초부터 시작할 수 있다. 곧 3분이 되기 때문이다.

"왓칭"에서 말하듯 한 초등학교 교사는 성적이 형편없는 빈민지역 1학년 아이들을 '학자'라고 불러주기 시작했다. 아이들이 자신을 학자로 바라보도록 하며 소개할 때에도 학자라고 소개했다. 아이들 스스로 학자란 새로운 걸 배우고 배움을 즐거워하는 사람이라고 설명하게 했다. 몇 달 후 시험을 쳐보니 벌써 2학년 수준에 도달해 있었으며 1학년이 끝나갈 때쯤 되자 90% 이상이 3학년 수준을 뛰어넘는 읽기 능력을 갖추게 되었다.

심리학자 맥퍼슨은 악기 연습하는 어린이 157명을 장기간 추적 조사한 결과 1년만 하고 그만두겠다는 아이들보다 평생 하겠다는 아이들의 수준이 4배나 높았음을, 연습량을 줄여도 실력이 훨씬 더 앞 그룹보다 좋았음을 알게 되었다. 단지 <자신을 누구로 바라보느냐> 하는 단순한 시각의 차이가 재능까지도 변화를 일으킨다.

하버드 대학의 심리학자 랭거 교수는 호텔 청소부 84명의 절반에게 청소 활동이 주는 효과에 대해 설명했다. 진공청소기 15분은 50cal가 소모되는 효과, 방 하나 청소는 10분간의 운동 효과 등 청소는 어떤 효과를 가져오는지 자세히 설명을 들은 이 그룹은 1달 뒤 체중, 허리둘레, 지방, 혈압 등이 좋아지는 신기한 변화가 일어났다. 그들이 따로 운동을 한 것은 아니었다. 교수는 이렇게 말한다.

"청소하며 몸을 움직일 때마다 칼로리가 빠져나간다고 생각하니 실제로 지방이 빠져나간 겁니다. 그런 생각을 안 하며 청소할 땐 오히려 피로 독소만 쌓이는 거죠."

결국 내가 나를 어떻게 바라보는지 그 관점에 따라 몸도 바뀐다. 그리고 나의 <노력>을 '구체적으로 칭찬받을수록' 지능을 칭찬받는 아이들보다 성적이 30% 오른 실험처럼 어떤 노력에 대해 어떤 칭찬을 해 주느냐가 매우 중요하다. 내가 학생들을 레슨 할 때도 반드시 지키고자 하는 원칙이다. 아이들은 어른들이 생각하는 것보다 훨씬 고차원적이다. 자신을 비좁은 두뇌에 가둬놓지 말고 광활한 우주적 시야를 가져보자. 우리에게는 상상력이 있다. 그 선물을 어떻게 활용하느냐는 오롯이 우리 몫이다. 상상이 잘 안 된다고 걱정하는 대신 그것을 안드로메다로 버리는 것을 떠올려 보라. 막연함에 속지 말고 걱정을 노트에 기록해 보고 잘게 찢어 버려보자. 의외로 심각했던 문제가 간단히 해결될 수 있다.

비좁은 껍데기의 나로부터 탈출

한 재밌는 영상이 페이스북에서 수백만 회 조회되었다. 악기 연습을 하기 싫을 때 딱 3초만 하늘을 보며 이렇게 해 보라고 한다. 영

상 끝에서 주인공은 이렇게 말한다. "Thanks, GOD 고마워요, 신이시여."
갑자기 뭔가 확장되는 느낌이 확 들었다. 우리가 눈을 깜박이고 호
흡을 하고 스킨의 감촉을 느끼고 소중한 감각들을 창조한 분이 계
시다는 것을 증명 받은 느낌이었다.

내가 내 모습을 볼 수 있는 것은 거울이다. 예능 프로에서 서로
의 눈을 바라보며 눈으로 대화하기를 시도한다. 실제로 서로를 바
라보며, 특히 침묵하며 직접 바라본다는 것은 매우 큰 치유적인 기
능을 부른다.

'관찰자 효과'로 불리는 실험처럼 <미립자>들은 사람들이 어떤
마음으로 자신을 바라보는지 정확히 알고 반응한다. 그것은 실험

자가 미립자를 입자라고 생각하고 바라보면 입자로, 파동이라고 생각하면 물결무늬로 나타나는 현상이다. 그렇게 나를 거울로 바라보며 점진적으로 그 보는 시간을 늘려나갈 수 있다.

나는 거울 명상을 할 때마다 비로소 내가 어떻게 생기고 내 미소가 어떠한지 진지하게 바라본다. 그러면서 드는 느낌들을 자유롭게 바라본다. 얼굴의 한 곳을 3초 동안 깊은 심호흡과 함께 거울 안의 나를 바라보며 어떨 때는 이유 없이 눈물이 나기도 하고, 뭔가 뜨거운 감정이 올라오기도 한다. 거울을 바라보며 해 주고 싶은 이야기를 자연스럽게 해 본다. 자유롭게 시선을 나의 눈, 코, 입을 따라가며 나를 관찰한다. 그리고 내가 기대하는 얼굴을 만들어본다. 얼굴 운동한답시고 삐뚤빼뚤 얼굴도 만들어보고 얼굴도 자유롭게 풀어준다.

잠시 책을 덮어두고 거울을 통해 나를 보자. 마음을 활짝 열고 내가 기대하는 나로 바라보자. 원하는 만큼 시간이 흐른 뒤 눈을 감아보자. 마음속으로 내가 나를 가만히 앞에서 바라보는 상상을 해 보자. 그리고 3층 높이에서 내가 나를 내려다보자. 점점 20층, 100층 아주 높은 창공에서 대기권 밖에서 나를 바라보자. 어떤 느낌이 드는가. 어마어마하게 넓은 공간, 높은 곳에서 나를 바라보는 것, 우주의 경계선이 있다면 그 경계선에서 나를 바라보는 것, 고요함 속에서 나를 그렇게 깊이 있게 들여다볼수록 문제 속에서 나와 정신적으로 해방감이 느껴진다.

내 안의 잠든 거인을 깨워내듯이, 내가 비좁은 나에 갇혀있는 게 아니라, 온전히 나로서 살아갈 수 있는 내면의 지혜를 주기 때문이다.

있는 그대로 나의 생김생김을 바라보자. 눈빛 하나하나, 웃음 하나하나, 아무 말 없이 바라봐도 좋고, 내가 나에게 무슨 말을 해 주어도 좋다. 명상은 크게 뭔가를 수행하는 것이 아니다. 그저 순간들의 나를 발견하며 사랑하는 것이 전부이다. 지금 거울, 폰의 셀프 촬영 모드로라도 나를 바라봐보자.

향기와 음악으로
정화한다.

앞서 언급한 두드리는 침술 EFT로 셀프 두드림도 좋고, 두드릴 힘
조차 없거나 주관적 고통지수가 큰 것은 전문가의 가이드가 필요하
다. 그래서 집에서도 활용 가능한 아로마 세러피Aroma Therapy는 불
면, 샤워, 공간의 정화에도 즉각 영향을 미칠 수 있어 추천해 드린
다. 향기는 감정을 담당하는 뇌의 변연계에 후각 통로로 바로 연결
된다. 불면, 스트레스, 호르몬 불균형 등에 즉각적인 영향을 준다.

내 상태에 맞는 향 고르기

근대 프랑스의 화학자인 르네 가트포세는 가족의 향수 공장에서

제품을 연구하다가 실수로 화학약품으로 인해 손에 화상을 입었다. 그때 원래 향수 원료로 사용하려고 했던 라벤더 오일로 화상이 탁월하게 회복되는 것을 발견했다. 그것이 오일의 치유 효과를 연구하게 된 동기가 되었다. 아로마 세러피라는 용어는 고대부터 있던 일종의 개념이었지만 1928년 그가 자신의 연구 결과를 과학 간행물에 가장 먼저 사용함으로써 하나의 고유명사로 자리 잡게 된다.

과학적으로 가지는 이론적 근거는 식물 정유가 '그 훌륭한 침투성에 기인하여 피부의 심층 조직에 도달할 수 있고 미세 혈관에 흡수되어 궁극적으로는 장기에 도달하여 치료할 수가 있다.'는 것이다.

이 책이 아로마 책이 아니기에 자세한 부면을 다루지는 않지만, 효과를 '추측'하는 것이 아닌 <Current Respiratory Medicine Review>, <International Journal of Clinical Aromatherapy> 등 여러 학술, 저널에 게재 인증되어 공부하기에 매우 좋다.

일례로 실생활에서 사용할 수 있는 블렌딩 아로마 오일은 삶에서 균형이 필요할 때, 그리고 편안한 수면과 안정이 필요할 때, 기쁨이 필요할 때, 모기 및 해충 기피제가 필요할 때 유용하다. 밸런싱 오일인 프랑킨센스, 카모마일 등에 정제된 코코넛 오일을 한 방울씩 섞어 피부에 바를 수도 있고, 아로마 디퓨저로 또는 베개 위

에 한두 방울씩 떨어뜨려 사용할 수 있다.

한 선생님은 아로마 오일의 뚜껑만 열고 향을 맡아보았는데도 뇌의 한쪽 반구 부분의 두피에서 울긋불긋 반점이 올라오며 안 좋았던 부분들이 드러나기도 할 정도로 개인차가 있지만 민감하게 치유가 일어난다. 방안에 라벤더와 블렌딩된 칼마비다 오일을 은은하게 디퓨저로 발향해도 몸이 이완되기에 안성맞춤이다.

편안한 수면을 위한 오일로는 라벤더, 시더우드, 일랑일랑, 마조람, 로만 카모마일, 샌달우드 등을 사용할 수 있다. 흥분, 울화 등이 나타날 때 매우 효과적이다. 나는 자주 베개에 오일을 한두 방울 떨어뜨려 사용한다. 뒤척일 때마다 향기에 평온해진다.

모기 및 해충 기피제로도 블렌딩하는 오일은 일랑일랑, 시더우드 혹은 시트로넬라, 레몬그라스, 라벤더, 제라늄 등이 있다. 비율은 보통 한 방울씩에 발향하거나 큐브 형태로 만들어 집에 걸어 놓을 수도 있다.

삶에서 기쁨이 필요할 때의 감정 치유 오일로는 탠저린이나 레몬처럼 기운을 긍정적으로 업 시켜주는 시트러스 계열도 좋고 라벤더, 클라리 세이지, 일랑일랑 등도 우울감을 해소하는 데에 도움이 된다. 아로마의 가장 기초적인 부분을 공유하지만 끌리는 향을 선택하여 나를 정화해 보자. 무거웠던 주변 공기가 한결 가벼워진다.

음악: 영혼에 즉각 도달하는 치유 멜로디

"언어가 끝나는 곳에서 음악은 시작된다."
_모차르트

베토벤 역시 음악은 어떤 지혜나 철학보다도 더 높은 계시를 준다고 여기고, 남을 위하는 일에 행복해했다. 세상의 모든 미스터리와 감정들도 음악으로 표현될 수 있다. 음악은 영혼에게 말하기 때문이다.

대안 의학 박사 에모토 마사루는 그의 저서 '물은 답을 알고 있다'에서 클래식 음악을 들려준 물들의 결정체 모양을 보여준다. 결정체의 모양들이 선명하다. 물에 귀가 달린 것인지 처음에 이 책을 접했을 때 매우 신기했다.

<말의 힘>이라는 실험에서 칭찬하고 사랑하는 표현을 한 밥은 하얀 곰팡이가, 부정적 표현을 한 밥은 검정 곰팡이가 피어서 서로 색이 다른 것을 보면, 밥알도 귀가 있는 것처럼 신기하다. 이와 같은 책을 바이올린 기본기 클래스에서 소개해 주니 초등학교 1학년 학생은 진짜 그러한지 집에서 실험했다. 2주도 채 되지 않아 사랑해 스티커를 붙인 밥은 흰 곰팡이, 미워해 스티커를 붙인 밥은 검은 곰팡이에 더 썩어서 도저히 4주의 실험을 지키기 어렵고 2주 차에 바로 버렸다고 했다. 재밌는 실험들이다.

이러한 문장들에 멜로디를 붙인 것이 오페라, 가요 등이다. 음악은 정신적인 성숙의 날개와도 같다. 굳이 말로 표현하지 않아도 음악을 들으면 그에 따른 느낌을 통해 억눌려진 감정들이 풀어진다. 특히 감정을 억누르고 자제하는 것에 익숙해진 경우에 이 방법은 매우 효과적이다. 자연 음악처럼 잔잔한 멜로디 속에 눈을 감고 머무르기만 해도 자연스럽게 정화된다.

특히 모차르트의 바이올린 소나타k.304는 단 한 곡만 단조로 되어있다. 그의 어머니께서 돌아가신 후 슬픔이 절제된 음악으로 표현되어 있다. 눈을 감고 음악을 듣다 보면 늘 밝음 속에 묻어두었던 마음속 '슬픔이'도 따듯하게 안아주게 된다.

그렇게 조금이나마 내 음악도 힘이 되었으면 하는 소망에서 곡들을 만들게 되었다. 동생과 이 세상 모든 동생들에게 보내는 음악 '희망-삶은 그리운 살냄새Hope', 엄마와 이 세상 모든 엄마들에게 올리는 '엄마의 손Mom's Gold Fingers', 아버지와 이 세상 모든 아버지들에게 올리는 '정로Life on Path' 등을 만들어 유튜브 <나 MUSIC> 채널에 올렸다. 희망을 매일 들으며, 뼛속을 하나하나 에이듯 깊은 잔상이 남는다고 표현해 주신 어떤 독자분이 생각난다. 새벽 감성이라고 표현해 주신 독자분도 생각난다. 그러한 감사의 표현들이 더욱 고마움이 깊어지게 해 주셔서 좋다. 음악을 온몸으로 들어주시는 분들께 깊숙이 감사드린다. 그렇게 힘주신 덕분에 <사랑후애愛>를 2020년 12월 2일 발표했다. 사랑 후에 더 큰 사랑을 깨닫게 된다는 중의적 의미를 담았다. 해석은 듣는 이의 몫이기에 말을 줄인다. 그렇게 음악은 영혼에 즉각 치유를 주는 삶의 멜로디이다.

나를 일으켜 세우는,
쓰면 이루어지는
기록 노트

미국의 정치인이자 과학자, 저술가인 프런티어 정신운동가 벤저민 프랭클린은 근면하는 좋은 습관을 지녔다.

"내 글을 읽는 내 후손들이 근면이 얼마나 큰 미덕이고 유익한 것인지를 깨닫고 몸소 근면을 실천했으면... 신념만으로 도덕적으로 완벽한 사람이 될 수 없다. 그러므로 몸과 마음, 모두를 통틀어 완벽해지지 않으면 안 된다는 것이다. 그래서 난 늘 정확하고, 일관성 있는 행동을 위해서 나쁜 습관을 버리고 좋은 습관을 몸에 익히려고 했다... 인생의 비극은 우리가 너무 일찍 늙고 너무 늦게 현명해진다는 것이다."

내가 만들고자 하는 하나의 습관, 이루기 쉽고 매일 나를 점검해 볼 수 있는 습관을 시작하는 것, 그것은 쓰면 이루어지는 기록 노트(+감사)와 같다.

부정적 감정에 대한 새로운 해석

나는 수많은 자기 계발서에서 내면이 외부 상황의 반영이라는 말이나, 내 내면이 내가 겪는 상황의 거울이라는 글들을 볼 때마다 무슨 소리인가 했다. 진짜로 나를 바라보는 일을 하지는 않은 채 저자들이 뭐라는 소리인지 이해가 잘 가지 않았다. 하지만 주제 하나를 정해서 나의 마음을 들어주는 연습을 시작했다.

부정적인 감정들을 만날 때, 특히 외로움에 대해서 작업할 때 그 외로움은 가만히 내버려 둘수록 자기가 나의 주인이 되어 뭔가 열정을 잃어버리게 하고 의미를 잃어버리게도 했다. 쓸모없는 인간, 보잘것없음에 대해 인정하고 싶지 않았다. 내 속은 외롭고, 가치 없다 느끼는데 겉으로 아무 일도 없는 것처럼 사는 게 바로 나의 외로움이었다. 그렇게 느끼는 나의 마음에 귀 기울여주고, 부정적 감정들이 결코 잘못된 것이 아니란 것을 깨달았다. 그 감정들은 오히려 내가 얼마나 소중하고, 타인과 연결되어 공감하고, 상대방을 낮게 여기듯 나도 존중받을 존재임을 알게 해 주었다.

여기에서 기억할 것은 그 혼자인 것 같고 타인이 내게 적대적인

것 같다는 느낌이 모두 <나의 관점>에서 나온다는 것이다. <나의 해석>에서부터 나온다는 것이다. 내게 외로움이 주는 메시지는 타인에게 관심받기보다 내가 나에게 관심을 주기를 바라는 것이기도 했고, 나 혼자만의 고요한 시간이 필요했을 때이기도 했고, 오히려 쉼이 필요할 때이기도 했다. 외로움이라는 감정에 대해 노트에 기록했다. 내가 원하는 것들을 자연스럽게 마음속으로 물어보고 대답이 나오는 것들을 적었다.

처음에는 내가 나와 친하지 못해서 마음속에 노크를 하면 별 반응이 없었다. 그래서 속생각들을 써 내려가니 그러한 노트들이 벌써 여러 권이 되었다. 아, 내가 그랬구나 하면서 원하는 것들을 쓴 것들이 신기하게도 이루어진 것들이 꽤 많다. 이루어진 것들은 사인을 하고, 감사를 담아 감사한다는 말을 쓴다. 결제가 완료된 것처럼 나만의 의식 같은 것이다.

우리의 인생을 복기할 때, 상대 때문인지, 내 관점이나 느낌 때문인지 정직하게 볼수록 평온해진다. 마음속 감정을 알아가다 보면, 두려움 이면에 슬픔, 걱정, 분노 등 다양한 감정들을 매우 많이 만나게 된다. 이것들에서 과연 벗어날 수 있는가? 가장 확실한 방법 중 하나는 그 외로움을 따듯한 시선으로 바라보며, 감사를 키워나가는 것이다.

더 이상 혼자라는 고립된 감정이 아닌, 숨 쉬는 산소가 있듯, 나 자신과 주변을 환기할 수 있다. 이름표 붙인 감정들 역시 <환영받을 존재적 감정>이지 비난받을 것이 아니다. 그 감정들을 안아줄수록, 홀로 있어도 편안한 상태를 경험할 수 있다.

쓰면 이루어진다.

> "목표를 기록으로 남기면 구체적인 결과가 다가온다."
> _스콧 애덤스

이루어질 꿈들을 날짜와 함께 기록하면 그때부터 그 목표들이 생명력을 가지게 된다. 그것들을 <음미>하면서 믿음을 갖고 열정적으로 기록하면 된다. 3년 전, 날짜와 구체적으로 숫자까지 기록한 노트에 쓴 것들이 이루어진 것을 보면 더욱 기록의 중요성을 깨닫는다.

내가 쓴 그 문장과 함께 있는 그대로 느끼며, 현실에서 이미 이루어진 것처럼 기분 좋은 상상을 한다. 그리고 지금 내가 해야 할 것들을 한다. 믿는다는 것은 어떤 사실이나 말을 꼭 그렇게 되리라 생각하거나 그렇다고 여기는 것, 어떤 사람이나 대상에 의지하며 그것이 기대를 저버리지 않을 것이라고 여기는 것이라고 국어사전은 정의한다.

쓴 기록들을 얼마나 믿고 있는가? 기록해 보면서 만약 의무감이 든다거나 의심이 든다면 그것 또한 괜찮다고 인정하며 그렇게 느끼는 나만의 이유를 들어주자. 그 이유 또한 기록해 보면서 한결 더 나랑 친해질 때, 의심으로 넘어지지 않고 일어날 힘이 생긴다. 실제 생활에서 속으로든 겉으로든 우리를 일으켜 세우는 말을 얼마나 사용하는가. 얼마나 나 자신에게 좋은 질문을 해 주는가.

상상하기의 힘은 <감성>이다. 그 감성은 우리의 근원의 힘과 연결해 준다. 질문은 그림 그리듯 상상력을 강화한다. 그런데 나는 언젠가부터 질문하는 법을 잊어버렸었다. 내게 물어보며 믿음과 연결되어 보자. 한결 더 가벼워진다.

방해하는 내면의 소리에 밥을 주는 것이 아닌, 나는 내 갈 길 가듯 간다. 그것은 아주 작은 한마디들을 메모, 기록하는 것에서부터 시작한다. 현재 내 삶에서 가장 감사한 것을 3가지 적어보기 시작하는 것만도 상상력의 힘은 강화된다.

그렇게 감사함을 담은 기록들은 나의 삶을 후원하고 더욱 진보하는 나로 만든다. 자존감의 회복과 치유를 촉진한다. 타인에 의해서가 아닌 나 스스로 가치 있게 여기며 존중하는 태도를 갖게 돕는다.

내가 꾸준히 그것들에 대해 기록하면서 얻게 된 큰 힘은 내가 이 사회에, 우리 가족에게 필요한 사람이라는 알아차림이었다. 그러한 경험을 글과 영상, 연주, 대화, 상담, 교육에서 다양하게 나눈다. 나의 경험들이 누군가에게 도움이 된다는, 힘이 된다는 것이, 나를 살아 숨 쉬게 한다. 오늘부터 좋아하는 노트에 나를 살리는 한마디를 적어 내려가 보기 시작하자. 하루가 한 달이 되고 일 년이 되며, 그 한 마디들이 어느덧 나 자신이 되어 있을 것이다.

비로소 무한한 가능성의
나의 문을 열다.
나를 사랑하게 되는 바이올린

"만일 그대가 어떤 일을 성취하기 어렵다 하더라도, 그것이 인간에게 불가능하다고 생각해서는 안 된다. 오히려 무슨 일이나 인간은 할 수가 있으며, 인간성에 일치하는 것이라면 나도 이룰 수 있는 것이라고 생각해야 한다."

_마르쿠스 아우렐리우스

내가 손대지 않은 어떤 미지의 부분은 늘 가능성이 있다. 실패는 우리에게 유한함을 주지만, 무한한 가능성을 믿고 한 발 더 나아감으로 우리는 용기를 획득한다. 내가 할 수 없다는 생각을 쥐고 있는 동안에는 결국 그것을 하기 싫다고 다짐하고 있는 것과 같다. 그래서 현실에서 이루어지지 않는 것이다. 그러기에 희망에 대해 문을 열고 가능성의 문을 열 수 있다.

나는 그렇게 바이올린 제자들을 대할 때, 항상 마음속 가능성의 문을 연다고 생각한다. 그것이 내재된 천재성을 일깨움이다. 자신만의 속도대로 하나씩 완성해가며, 예술성과 친해진다. 어느덧 실력이 늘어있고, 원하는 것들을 성취한다.

바이올린 예술 사관학교 비가나스쿨의 한 멤버님은 이렇게 표현한다. '바이올린은 나를 위로해 주는 느낌이 들어요. 결과로 보여주는 기쁨이 있어서 오래 하고 싶어요.' 정말 예술적이다. 연주 속에서 자신을 발견했기 때문에 그것을 표현하는 연주를 하게 된다.

하고 싶은 말을 위트 있게 물음표로 끝내보자. '오늘, 넌 어때?' 내면은 그 답을 발견하기 위해 노력한다. 원하는 것들에 초점을 맞춘다. 매일 자신에게 사려 깊은 질문을 통해 나의 세상을 바꾸자.

행동을 변화시키는 가장 효과적인 방법

행동을 변화시키는 가장 효과적인 방법은 바꾸고 싶은 행동은 참을 수 없는 고통과 연결하고, 새로운 행동은 큰 즐거움과 연결하는 것이다. 사람들은 지겨움, 좌절, 분노, 중압감 같은 감정들을 어떻게든 벗어나려고 쇼핑, 음식, 영화 보기, 술, 분노 등으로 순간적으로 고통을 줄인다. 쇼핑, 영화 보기 같은 행동이 잘못되었다는 것이 아니라 자신의 해소해야 할 상처와 감정을 검은 카펫 밑에 썩은 쓰레기처럼 묵혀두는 것을 말한다. 술이나 수다 후에도 공허함이 밀려오는 때를 말한다.

한 선생님은 금연을 하고 싶어서 담배를 떠올리며 세상에서 가장 더러운 쓰레기의 엄청난 양을 연결하고 금연하는 자신을 떠올렸다고 한다. 단 하루 만에 금연에 성공하고 수십 년째 이어오고 계셨다. 내면의 힘을 기르는 명상을 매우 사랑하는 분으로 변화는 능력의 문제가 아니라 동기의 문제임을 말씀하셨다.

집이 홍수로 인해 천장 끝까지 물이 차올랐을 때 즉시 탈출하고자 하듯, 그 감정이 강렬해서 변화하지 않고는 못 배기는 긴박함을 만들어 내는 것이다. 바로 깨닫는다. 물론 그렇지 않고 점진적으로 내공을 쌓는 것도 한 방법이다.

잘못된 패턴을 자각하고 활력을 주는 새 패턴을 습관이 될 때까지 지속한다. 내면에서 강화되지 않는 것은 사라진다. 타이밍과 보상 효과를 이용하는 것을 기억하자. 뇌는 동물 훈련과 같아서 깜짝 보상이 예측 가능한 것이어서는 안 된다. 제대로 발휘되는지 점검하는 시간을 매일 5분씩 가져보자. 그렇게 우리는 내면의 무한한 가능성의 문을 스스로 열 수 있다.

작은 기적!

삶이 달라지길 원해?
그럼 먼저 뭔가 다른 것을 기꺼이 해!

삶이 슬픈 것은
더 많이 갖고 더 많이 하고
더 나은 사람이 될 수 있다는 사실을 알면서도
그렇게 하지 않기 때문이야!

우리는 모두 지금 막 태어난 아이처럼 빛나야 마땅해.
우리가 가진 빛을 숨기지 않고 환히 빛날 때
두려움으로부터 자유로워질 때
우리의 존재가 저절로 다른 사람들을 빛나게 하고
자유롭게 할 거야.
사랑하는 사람에게 줄 수 있는 가장 위대한 선물은
우리가 가진 가능성을 완전히 실현하며 사는 거야.
_할 엘로드

바이올린 연주에서도 소리 내는 원리와 세팅의 자세를 알면 알수록 소리 내는 질과 그걸 세상에 보여주는 방식이 완전히 달라진다. 무의식의 원리를 이해하고, 나를 알아가는 것 역시 세상을 살아가는 방식이 달라진다.

> "인간관계에서도 내게 기쁨을 더해 주고 평화를 선사하며 더 나은 사람이 되도록 자극을 주는 사람들만 곁에 둡니다. 인생은 너무나도 소중하잖아요. 자신을 이해하지 못하는 사람들과 어울릴 수는 없죠. 자신과 죽이 맞지 않는 사람들, 자신과 가치관이 다르고 삶의 기준도 낮은 사람들, 마인드 세트, 하트 세트, 헬스 세트, 소울 세트가 다른 사람들과 어울릴 필요는 없어요. 주변 사람들과 환경이 생산성과 결과에 강력한 영향을 미치기 때문입니다. 마치 작은 기적처럼요."
>
> _로빈 샤르마

문제의 원인을 모르고, 해결책의 원리를 몰라서 그랬을 뿐, 무의식의 원리를 이해하는 것처럼 그 연주의 원리와 기본기를 깨닫게 되면, 악기 연주와 연습이 그렇게 재밌을 수가 없다. 그저 <경험>할 뿐이라는 것이다. 그럴 때 도움이 되는 시작은 나 자신의 <강점>을 찾는 것이다. 작지만 큰 기적이다. 어제보다 나아진 오늘은 무조건 존재한다. 기특하게도 똘똘이 스머프같이 귀여운 바이올린 제자는 이런 표현을 한다. "나는 궁금한 사람이에요. 연주 잘하는 세상으로 가보고 싶어요."

자신이 얼마나 바이올린을 좋아하는지 알고, 연습이 때로는 굉장히 지루하고 싫기도 하지만 내가 자주 표현해 주듯, 그 감정을 인정해 주고 받아들여 주며 내가 얼마나 악기를 사랑하는지 기억해 주는 것. 그것은 위력을 불러일으킨다. 근사한 내면의 거인이 깨어난다. 깊이 있게 자신을 발견할수록 나를 사랑하게 되는 바이올린이 춤을 추게 된다. 나 찾기의 힘도 동일하다. 나 자신의 장점을 발견할 줄 알고 동의하며, 나를 그렇게 찾아 나아가는 힘은 나의 에고를 보는 힘도, 나의 감정을 발견하는 힘도, 나의 정신을 보는 힘, 뇌력도 함께 강건해진다.

우리의 뇌는 뉴런신경세포이 약 1,000억 개나 들어있다. 시냅스라고 하는 연결 부위는 수백 조로 엄청나게 많다. 개인의 뉴런이 자극을 얼마나 빨리 전달하는지는 측정불가며 뉴런 종류마다도 다르지만, 뇌 내에 자극이 전달되는 속도는 초속 120m시속 432km이다.

우리들의 뇌를 아무리 연구해도 늘 새로운 것들이 나오듯 우리가 자신을 알아간다는 것, 발견해나간다는 것은 늘 새롭다. 그렇게 뇌를 연구하듯 나는 나를 더 좋아하고 사랑하는 기억을 바이올린을 통해 더욱 많이 만들게 되었다.

'지금 여기, 오늘도 널 만났니?' 내가 나에게 물어보자. 말도 안되는 꿈을 건드려 기적같이 이루는 것, 나를 찾은 힘으로부터 온다. 발견한 그 지점에서부터 여행은 시작된다.

Chapter 06

액션플랜
미라클 노트

기회를 잡는
〈액션플랜〉의 힘

가장 작은 단위 : 오늘의 액션플랜 기록

상담, 교육에서 미라클 노트라고 이름 지은 시스템을 가이드 한다. 액션플랜을 기록하며 그날의 목표, 알아차림을 극대화한다. 그 자각이 증가할수록 작은 목표를 이루는 힘은 함께 높아진다.

다음 페이지 그림에서처럼 그날의 혹은 그 주의 내가 진정으로 이루기 원하는 것들을 모두 적어본다. 거기에서 더 마음에 끌리는 주제들을 한 문장으로 발전시키는 것이다. 가령, 이번 주에 누구를 만나고, 어떤 이야기를 하고, 어떤 리스트를 끝내고 등 모두 기록한다. 그리고 오늘, 내가 그것을 위해 오늘 할 것이 무엇인지 구체적으로 적는다.

그녀와 만나 하는 이 프로젝트를 위해 난 오늘 이 리스트의 작업을 끝낸다.

이 리스트의 <챕터 1>을 토요일까지 완성한다.

<챕터 2>의 도안 오늘 완성!

이러한 형식의 한두 개의 문장이 오늘의 목표가 된다. 나는 연필의 쓱싹거리는 느낌이 좋아서 연필로 노트에 기록하지만 어떤 필기도구이건, 수첩이던 오케이!

여기서 중요한 것은 마음의 고요한 상태, 하루를 시작할 때 적는다. 조급함을 버리는 데 도움이 되기 때문이다. 그날의 결과는 밤에 기록한다. 결과를 숙고하며 곱씹어 보는데, 숙고 역시 나를 찾는 매일의 작은 습관이다. 일이나 삶에서 책임질 것들을 핑계로 자주 잊어버리는 우리들의 삶에 필수적인 것이다. 기록의 힘으로써 숙고를 잊어버리는 행위를 극복해나갈 수 있다.

<예시 : 음악인 미라클 노트 연습>

월별/ 주별/ 일별 숙고 과정이 끝난 목표, 구체적 사안 기록!

액션플랜

월별

이번 8월에 공부하고 있는 모차르트 협주곡 전 악장 120% 완성

2, 3악장 박자 빌드업 필요, 매 순간 나는 모차르트이다 뇌 각인

주별

1주 차 1악장 다이내믹 완성도

2주 차 2, 3악장 80% 박자 완성

3주 차 1악장 감정의 흐름 더 연구

4주 차 2, 3악장 120% 박자, 다이내믹, 흐름의 완성도 훈련

〈도표〉

8월	
8월의 목표 이번 8월에 공부하고 있는 모차르트 협주곡 전 악장 120% 완성 2, 3악장 박자 빌드업 필요	매 순간 나는 모차르트이다 뇌 각인
주별 목표 1주차 1악장 다이내믹 완성도 2주차 2, 3악장 80% 박자 완성 3주차 1악장 감정의 흐름 더 연구 4주차 2, 3악장 120% 박자, 다이내믹, 흐름의 완성도 훈련	

큰 흐름을 기록했다면 이제 매일의 목표와 방향성에 대해 다음 장에서 생각해 보며 기록을 이어가 보자.

느껴봐,
꿈을 만드는 제목

글에는 에너지가 담긴다.

글자를 그냥 읽는 것과 말하듯이 읽는 것은 다르다. 거기에 느낌이 실리기 때문이다. 맛있는 음식을 먹을 때의 기분처럼, 뭔가를 음미 하듯 읽으며 그날의 제목을 지어보자. 당당하게 살아가는 커리어 우먼 선배님은 맛깔나는 확언 형태의 그 날의 주제를 참 잘 짓는다.

　나는 오늘의 손님들에게 행복한 미소를 보냅니다.
　오늘 배달 오는 직원에게 시원한 박카스를 대접합니다.
　오늘 매출 0000에 사랑을 담아 감사합니다.

선배님은 오늘의 목표들을 생각하고 꿈을 만들고 이루는 과정을 즐긴다. 그렇게 하루하루의 소박한 꿈을 살아내며 매 순간 현재 그리고 미래의 긍정적인 모습에 집중하고 몰입한다. 내가 나를 믿을 때 미래를 바꾸는 힘이 더욱 생긴다. 같은 사주팔자라 하더라도 환경과 성격에 따라 다른 인생을 사는 것처럼 말이다. 내 안에 한 걸음 더 나아갈 힘과 용기를 더욱 강화하길 원한다면, 미라클 노트에 그날의 작은 꿈을 만드는 제목부터 잘 지어보자. 스스로 기적을 만들 수 있다는 걸 가슴에 새겨보자. 말대로 된다. 말이 씨가 된다.

내가 내뱉는 말은 파장이 되어 더 크게 나에게 돌아온다. 좋은 의도와 씨앗의 말을 나에게 한다. 나의 믿음이 담긴 말이 위력 있는 이유이다. 문장은 현재 진행형으로, 부사어나 형용사를 사용하면 맛깔나게 만들기 쉽다.

위 문장처럼 내가 하는 말에 주의를 기울이며 좋은 에너지를 풍기는 말과 기록들을 하는 대표님은 이 시국에도 더욱 확장 이전하여 회사를 운영하는 쾌거를 올린다. 정말 말과 글의 힘을 깊이 느낀다. 자면서 꾸는 꿈은 그 다음날 벌써 희미해지지만, 매일, 기록하는 꿈 일기는 시간이 지나갈수록 더욱 선명해진다. 큰 범위의 액션 플랜을 정했다면, 미라클 노트에 그날의 확언을 신선하게 지어보자. 나를 찾는 힘은 저절로 키워진다.

- 현재진행형

- 나를 주어로

- 맛깔나는 부사, 형용사 사용하여 자유롭게 뇌를 깨우기

- 확신 100ml

- 설렘 10ml

- 행동력 100% 셀프 칭찬

자유로운 문장 형태로 액션플랜의 밑에 오늘의 날짜, 목표로 적어 보자. 한두 문장이면 충분하다!

〈예시 : 음악인 미라클 노트 연습〉

8월	매 순간 나는 모차르트이다 뇌 각인
8월의 목표	이번 8월에 공부하고 있는 모차르트 협주곡 전 악장 120% 완성 2, 3악장 박자 빌드업 필요
주별 목표	1주 차 1악장 다이내믹 완성도 2주 차 2, 3악장 80% 박자 완성 3주 차 1악장 감정의 흐름 더 연구 4주 차 2, 3악장 120% 박자, 다이내믹, 흐름의 완성도 훈련

오늘의 날짜	8월 1일
오늘의 꿈. 목표	나는 1주 차 첫날인 오늘, 1악장의 모티브가 되는 그림, 글들을 찾아보며 영감을 얻는다. 2, 3악장의 박자를 퍼포먼스 박자의 50%까지 진입성공! 나는 신명나는 모차르트일세!

그 다음은 무엇으로 채우면 좋을까? 작은 도전들을 채워보자.

작고 디테일한 도전!

신명나는 66일

우리가 긍정적으로 생각하는 어떤 행동이 습관이 되는 데에는 대략 며칠이 걸릴까? 런던대학교 심리학과 연구팀의 실험에 의하면 새로운 습관을 만들기까지는 21일, 완전히 습관이 몸에 익숙해지는 데에는 66일이 소요된다고 한다. 약 9주의 시간이다.

영국 런던대학교 필리파 랠리 교수님도 "사람의 뇌는 충분히 반복되어 시냅스가 형성되지 않은 것에는 저항을 일으킨다. 아직 그 행동을 입력해 놓을 기억세포가 만들어지지 않았기 때문이다."라고 말한다.

우리가 작은 습관을 들이는 데 있어서 새로운 뇌의 시냅스가 강화되는 노력이 필요하다. 바이올린 연습에서도 기본기를 모래성에 쌓으면 연주할수록 무너지지만, 발달과 성장의 속도에 따라 기본기를 견고하게 쌓아갈수록 신나게 연주를 요리할 힘과 여유가 생긴다.

그것은 아주 작은 습관의 도전부터이다! 66일을 들이다 보면 자유롭게 언제든 다시 시작하거나 꾸준히 지속할 힘이 생긴다. 우리가 아까 만든 액션플랜, 오늘의 꿈 목표를 적었다면 이제 세부적인 실행 일지를 적어보자.

액션플랜과 오늘의 목표는 아침에 적었는가? 디테일한 도전은 중간단계인 그때그때 적는다. 내가 무엇을 했는지 한 땀 한 땀 훈련한 세부적인 것들을 기록한다. 어떤 발전을 했는지 기억하기 매우 쉽기 때문이다. 예시 도표에 유의해 보자.

디테일의 전체 내용과 그것에 사용한 전체 시간의 기록과 양의 질을 데이터로 볼 수 있다. 훗날 꺼내 보면 자산이 되는 역사의 성장 기록이 되는 <미라클 노트>가 된다.

<예시 : 음악인 미라클 노트 연습>

8월	매 순간 나는 모차르트이다 뇌 각인
8월의 목표	이번 8월에 공부하고 있는 모차르트 협주곡 전 악장 120% 완성 2, 3악장 박자 빌드업 필요
주별 목표	1주 차 1악장 다이내믹 완성도 2주 차 2, 3악장 80% 박자 완성 3주 차 1악장 감정의 흐름 더 연구 4주 차 2, 3악장 120% 박자, 다이내믹, 흐름의 완성도 훈련

오늘의 날짜	8월 1일
오늘의 꿈, 목표	나는 1주 차 첫날인 오늘, 1악장의 모티브가 되는 그림, 글들을 찾아보며 영감을 얻는다. 2, 3악장의 박자를 퍼포먼스 박자의 50%까지 진입성공! 나는 신명나는 모차르트일세!

오늘의 디테일	스케일 왼손, 오른손의 유연성 30min
	연습곡 4, 5번 박자 빌드업, 다이나믹 1h 45min
	기교 훈련 붓점 연습 48−152마디15min 모차르트 예비 박 훈련, 1악장 연구와 전체 연결연습 3h 모차르트 2, 3악장 박자, 리듬감각, 다이나믹 훈련 2h
토탈	7 h

그날의 망고,
셀프 칭찬 한마디의 힘

나는 무엇에 연결되어 있는가?

삶은 균형을 잡는 것이 중요하다. 피터 드러커는 경영자의 조건에서 "성과를 올리는 사람은 일에서 출발하지 않는다. 시간에서 출발한다."라고 한다.

물론 시간을 효과적으로 잘 다루는 면을 중점을 두고 해석해두지만 나는 나 자신과 시간과의 연결을 생각해 본다. 나는 시간을 지배하는 느낌을 갖고 있는가? 시간을 따라가기에 급급한 느낌을 갖고 있는가?

후자라면 내 안에서 무엇이 그것과 연결되어 있는지 볼 필요가 있다. 나는 주변과 동화가 잘되기 때문에 좋은 사람들과 연결되는 것이 중요하다. 그래서 중재하는 삶이 강점이 되는 연결인이다. 연결인들의 새로운 삶의 방식을 제안한다. 그날의 망고! 셀프 칭찬과 연결하라! 내면의 아름다운 상태로의 연결! 잘 익은 망고 같은 치유 언어.

나는 연결인이다.

순수하다, 정이 많다, 사랑이 많다, 친절하다, 긍정적이다, 예민하다, 리더십이 있다, 허브 같은 존재라는 말도 듣는다. 사람들을 만나다 보면 나와 비슷한 성향의 사람들도 만나게 된다. 나는 그러한 우리들을 연결인이라고 한다. 연결인들은 적응력이 매우 좋다. 열정적인 그룹에 있을 때 최전방 리더가 되기도 한다. 주변의 영향을 잘 받기에 그 흡수력이 조절이 안 되면, 그 역할에 심취해서 내가 아닌 '그 역할'로서 살아가기가 익숙해져 버린다.

사람을 좋아하고 정이 많다. 그래서 나보다 남을 더 생각하는 것이 익숙하고 쉽다. 그 안에서 내 중심을 잡기란, 나 자신으로서 삶의 근간에 뿌리를 내리고 살아가기란 쉽지 않기도 하다. 그만큼 '경험'을 통해 깨달을 선물들이 많이 온다.

내가 음표를 연주할 때 그것이 그냥 도, 레, 미가 아닌 그 음들을 느끼고 그 음정들의 마음을 알아주고 연결감을 느끼며 표현하면 더욱 소리의 질과 상상이 배가 되듯 '연결'에 대해 숙고해 본다. 두 가지 종류의 한자가 있다.

1. 연결 連結

잇닿을 '연'에는 여러 뜻이 있다. 거만할, 손숫물, 산 이름난, 車(차→수레)와 책받침(辶(=辵)→쉬엄쉬엄 가다), 部의 합자合字. 수레가 굴러가듯이 끊임없이 일이 계속繼續되는 모양을 뜻한다. 나는 이 연이라는 이어 닿는 글자에 거만할 수 있는 에고의 나를 조심하고 수레가 끊임없이 잘 굴러가게 하려는 노력이 바로 사랑으로 연결되기임을 덧붙여 본다.

결은 어떠한가? 뜻을 나타내는 실사(糸→실타래) 部와 음音을 나타내는 吉(길)이 합合하여 이루어졌다. 음音을 나타내는 吉(길→훌륭한 사람이 하는 말은 모두가 훌륭함→결)과 실이나(실사(糸→실타래) 部) 끈으로 묶어 맺는다는 뜻이 합合하여 「맺다」를 뜻한다.

'(실을) 잇는다'라는 즉, 누에고치에서 뽑은 실은 길이가 한정돼 있다. 그래서 비단을 만들기 위해서는 실을 이어주는 과정이 필요했다. 結자는 그러한 의미를 표현한 글자로 吉(결합하다)에 糸(실)

자를 합해 '실이 이어지다'를 뜻하다가 후에 '맺다'나 '모으다', '묶다' 라는 뜻을 갖게 되었다.

2. 연:결連結

사랑하고 그리며 잊을 수 없을 정도로 정이 맺어짐이란 뜻이 있다. 특히 감정과 감수성이 풍부한 경우 이러한 연결감은 더욱 극대화 되기도 한다. 恋(련)의 본 자本字로 뜻을 나타내는 마음 심(心(=忄, 忄)→마음, 심장) 部와 음音을 나타내는 동시同時에「끌리다」는 뜻을 가진 글자 䜌(련)이 합合하여 이루어짐.「마음이 끌리다」, 전轉하여「사랑하여 그리워하다」는 뜻을 내포한다.

　이 두 가지 연결을 자유자재로 사용할 수 있다면 얼마나 더 삶이 가벼워질까? 그렇게 나에게 사랑으로 연결된 셀프 칭찬이 자유롭다면 내게, 타인에게 어떻게 대할까? 아까 우리가 기록했던 내용에 이런 셀프 칭찬을 연결해 보자.

　p.s 자유롭게 평생 데리고 사는 나를 사랑으로 연결하자.
　아름다움으로 연결하는 통로!

⟨예시 : 음악인 미라클 노트 연습⟩

8월	매 순간 나는 모차르트이다 뇌 각인
8월의 목표	이번 8월에 공부하고 있는 모차르트 협주곡 전 악장 120% 완성 2, 3악장 박자 빌드업 필요
주별 목표	1주 차 1악장 다이내믹 완성도 2주 차 2, 3악장 80% 박자 완성 3주 차 1악장 감정의 흐름 더 연구 4주 차 2, 3악장 120% 박자, 다이내믹, 흐름의 완성도 훈련

오늘의 날짜	8월 1일
오늘의 꿈, 목표	나는 1주 차 첫날인 오늘, 1악장의 모티브가 되는 그림, 글들을 찾아보며 영감을 얻는다. 2, 3악장의 박자를 퍼포먼스 박자의 50%까지 진입성공! 나는 신명나는 모차르트일세!

오늘의 디테일	스케일 왼손, 오른손의 유연성 30min
	연습곡 4, 5번 박자 빌드업, 다이나믹 1h 45min
	기교 훈련 붓점 연습 48-152마디15min 모차르트 예비 박 훈련, 1악장 연구와 전체 연결연습 3h 모차르트 2, 3악장 박자, 리듬감각, 다이나믹 훈련 2h
토탈	7 h

오늘의 결과, 칭찬 혹은 보상, 내일의 포인트	오늘 이만큼 성장한 거 뿌듯해! 잘했어. 기특 기특
〈예쁜 나에게〉	하이 모차르트! 내가 널 얼마나 사랑하는지 알게 될 거야 으흐흐
	내일은 모차르트의 다이내믹과 더 친해진다.
	나는야 2021년의 모차르트라네 얼쑤~

보상을 할 때
유의해야 할 3가지

어떤 일을 하고 나서 주고 받는 합리적이고 물질적인 보상은 기분이 좋다. 노력의 가치가 돈으로 변환되었을 뿐 돈 자체도 사랑이기 때문이다. 돈이 아니더라도 내가 나에게 실질적인 셀프 보상, 칭찬할 때 주의할 점이 있다. 결과가 아닌 과정을 칭찬해 주며 자존감을 높여준다.

"오늘 바이올린 연습을 해냈구나!" (○)
"바이올린 협주곡의 파트 A를 아주 잘했구나!" (×)

행동만을 평가하는 칭찬만 하게 되면 그것을 하지 못했을 때의 비교, 비난의 늪에서 빠져나오기 쉽지 않다. 과정에서 매일의 기대에 미치지 못했다 하더라도 좌절하지 않고 노력에 대한 사실인정과 지지를 표현하는 것이 진정한 칭찬의 방법이다. 적절한 보상은 언어 뒤에 있는 채찍이 아닌, 일상에서의 여유를 잘 유지할 수 있게 한다.

사랑 : 진실의 표현

어떤 선물을 줄 때 그냥 주면, 상대방은 그 가치를 온전히 느낄 수 있을까? 그 선물에 마음, 힘이 되는 말, 좋은 미소 등과 함께 준다면 받는 이는 어떻게 느낄까? 미라클 노트에 성장의 <여정>, 이루어진 것들에 대한 <축하> 등 표현을 해 보자. 그렇게 내가 나에게 셀프 보상을 할 때도 실행한 것들에 대해 실제 선물을 줄 수 있다. 사랑은 표현이니까 그게 물질적이든 심리적인 것이든 진실하게 표현하자.

　우리의 뇌는 매 순간 보상 시스템을 새롭게 재조정한다. 우리의 느낌이나 감정들이 뇌의 영양분이기 때문이다. 정서적인 부분을 담당하는 뇌는 우리가 사랑과 열정의 감정을 느끼는 때에 옥시토신과 도파민을 원한다. 뇌는 언제나 연결되는 느낌을 원한다. 그 목적에 맞게 뇌신경들의 보상 시스템을 활성화하자. 표현하기 연습으로!

노트의 여백에 자유롭게 메모처럼 적는다. 내가 무엇을 좋아하고 어떤 것에 끌리는지, 어떤 욕구가 있는지, 무엇이 나를 행복하게 해 주는지와 같이 끊임없이 나를 찾아 나아가는 여정을 노트에 기록하기를 추천한다. 연필의 사각사각 소리도 힐링 된다.

그러한 기록 365개를 하나씩 매일 쓴 적이 있다. 또 하나의 나의 삶의 기록이 된다. 작은 것들의 시처럼 작은 행동들부터 나를 찾아가 보자. 그렇게 나는 이기적이 아닌 사랑과 지지를 담는다.

용기 : 그 꿈은 현실이 된다.

크든 작든 한 발을 내딛는 용기는 먼 훗날 내가 그렇게 살고 있는 나를 발견하게 한다. 천리 길도 한 걸음부터니까. 그렇게 나아가다 보면, 한 걸음들을 축복하는 사람들이 점진적으로 늘어난다.

매년 콘서트 [나]를 만들어나간다. 참여했던 분들은 바이올린을 취미로 레슨만 받다가 누군가 앞에서 용기를 내어 연주하는 것은 또 다르다. 힘들지만 해내고 나면, 그 성취감과 함께 동기부여가 된다고 말씀하신다. 전공하는 친구들도 용기를 통해 나 자신이 하는 연주의 온도를 알아차리고 따뜻하게 높여나가는 센스를 길러

나간다.

교육하다 보면 어떤 이는 스펀지처럼 받아들이며 성장의 보폭이 큰가 하면, 어떤 이는 시간이 걸리기도 한다. 반나절과 1년의 차이처럼 말이다. 그 모든 속도는 괜찮다. 들여다보면, 누구나 가슴속에 상처와 아픔들이 있다. 그것을 가두어 놓지 말고, 용기를 내어 사랑의 치유를 우리는 선택할 수 있다. 나를 동굴 속에 가둬놓고 누군가 그 영역을 침범하면 화를 냈다면, 내지 않는 선택도 할 수 있다. 그래서 우리는 그 순간에도 용기를 낼 수 있다. 화를 선택하면 화병으로, 용기를 선택하면 보다 더 나를 건강하게 사랑하는 길로 나아갈 수 있다.

기록의 끈기 : 상상의 힘

기적은 기록으로부터 시작된다. 최고의 밴드를 만들겠다고 매일 자신들의 꿈을 노트에 기록한 그들은, 존 레넌과 폴 매카트니이다. 나는 그림으로 억만장자가 될 것이라고 늘 외치고 기록한 피카소. 평생 비참하게 살다가 결국 죽게 될 거야, 나는 돈과 인연이 없다고 말하는 반 고흐, 생각이 미래를 결정한다.

> "생각을 조심해라. 말이 된다. 말을 조심해라. 행동이 된다. 행동을 조심해라. 습관이 된다. 습관을 조심해라. 너의 성격이 된다. 성격을 조심해라. 너의 운명이 된다. 우리는 생각하는 대로 된다."
> _마거릿 대처

그리고 많은 책에서 같은 이야기들을 하고 있다. 정말 그래서 쓰게 된다는 걸 알게 되었다. 지난 한 주를 돌이켜본다면 어떤 생각, 어떤 미래를 심어주며 믿었는가? 그 상상이 주위 사람들 모두 말이 안 된다고 손가락질한다 하더라도 크고, 장대한, 대담하고 멋진 꿈을 꾸자. 그렇게 한 뼘씩 성장의 기록을 남기며 나를 존중하고 인정하며 사랑하자. 괴테가 어깨에 손을 얹고 "꿈을 계속 간직하고 있으면 반드시 실현할 때가 온다!"라고 말하듯 말이다.

나는 이것들을 기억하고 기록하며 내가 나에게 기운을 주는 연습을 한다. 그것은 매 순간을 삶의 예술가로 살게 한다. 이 땅에 태어난 우리 모두가 내면의 빛을 환하게 비추는 예술가이다!

모든 기쁨은
나를 찾는
그 순간에서부터 시작된다

'현타'라는 말이 있다. '현실 자각 타임'을 줄여 이르는 말로, 헛된 꿈이나 망상 따위에 빠져 있다가 자기가 처한 실제 상황을 깨닫게 되는 시간이라는 뜻이다. 열심히 달리다가 '내가 지금 뭐 하는 거지?' 하며 번아웃이 되는 때, '내가 원한 건 이게 아니었어.'라고 느낄 때, 경제적인 부분들이 스스로 해결하기 어려울 정도로 어그러지기 시작하는 때, 나 자신이 힘들어지는 때 등 소위 현실을 자각하는 때이다.

드디어 기회다. 긍정적이고 어울리기 좋아하는 연결인들은 오히려 자신에게는 관대하지 않고, 사랑하지 않았음을 이때 깨닫게 되기도 한다. 자신을 존중하며 살아왔다고 생각했는데, 내면적으로 전혀 아니었음을 알아차리게 되는 것이다. 내가 원하는 게 무엇인지 방황하며 내면이 현실 반영으로 드러난 나를 보지 않고, 인정하지 않기도 한다.

이때 우리는 진짜 나 자신을 찾는 시간이 필요하다. 친하지 않은 친구가 갑자기 친한 척을 하면 의아하다. 내가 나 자신과 친하고 깊숙이 사랑하는 줄 알았는데, 정작 내가 원하는 게 뭔지도 몰랐다면 이제는 나 자신과 진정으로 사랑할 때이다. 보슬비에 옷 젖듯이.

진정한 자기 사랑: 나에 대한 집착으로부터 벗어나기

"자기애는 외적인 자신에 대해 어떻게 느끼는지와는 별로 상관이 없다. 이는 자신 전체를 받아들이는 것이다."
_타이라 뱅크스

내가 나를 받아들인다는 것은 나와 싸움하던 것을 멈추고, 가지고 있던 안 좋은 감정을 해소하는 것부터 시작이다. 일단 내가 나 자신이 힘듦을 인정해야 한다. 나를 보듬어주고, 내 안에 어떤 것이 불씨가 되지는 않았는지 나를 정직하게 돌아보기부터 시작해야 한다. 나를 소중히 여기면 나를 아무렇게나 대하지 않는다.

어쩌면 우리는 평생을 미래에 대한 막연함, 불안함과 싸워야 할지도 모른다. 그럴 때 그 막연함과 불안함을 있는 그대로 인정하자. 내가 그것으로 인해 힘들었구나! 인정해 주자. 그리고 나와 삶을 더 사랑하겠다는 결정을 하면 어떨까?

더는 내가 나를 불안과 혼란 속에 가둬 놓지 않겠다고 결단하게 된다면 그때 비로소 덮어 두었던 내면과 만나게 된다. 내게 힘을 주는 아이디어가 떠올랐을 때 진실한 생각을 기록할 수 있도록 메모나 핸드폰의 녹음 기능을 가까이하면 도움이 된다. 그리고 생각을 글로 옮기다 보면 보완을 거치며 내면을 반짝반짝 빛나게 선물해 줄 <본성>을 더 만나기 쉬워진다.

나는 내 삶의 예술가

내가 어둠의 터널을 지나고 있을 때는 내가 지금 경험하는 것들이 너무 고통스럽기 때문에, 한 걸음 뒤로 물러서서 나를 바라보기가 어렵다. 그것은 집착하는 행동의 결과 아닐까 싶다. 하지만 한 걸음 떨어져 보는 것은 가능하다. 해결책의 본질을 들여다보지 않으면 머리와 가슴의 격차가 좁혀지지 않는다. 거기에는 명료한 의도가 필수다. 경험들에 대해서 지혜를 준다.

삶에서 EFT 감정 자유 조절 기법를 전적으로 활용하며, 아버지와의 관계

가 훨씬 부드러워지고 좋아졌다고 느낄 무렵, 명상과 묵상을 통해 더욱 가슴속 나와 만났다. 자신에 대해 긍정적인 힘을 느끼고 마음이 건강해진 뒤, 말 그대로 아버지께서 어릴 적 경험하셨을 극심한 슬픔을 나의 온몸으로 느꼈던 치유 시간이 있었다. 상대방의 입장에서 <생각>하는 수준이 아닌 있는 그대로 상대방이 느꼈을 고통을 오롯이 <경험>하는 것이었다. 용서는 상대방에게 책임이 없음을 발견할 때, 일어났다.

이건 마치 거기 음식 정말 맛있다며 치켜세우는 음식점을 이야기로만 듣다가 직접 가서 음식들을 먹으며 맛을 음미하는 것처럼 오감으로 느낄 수 있던 귀중한 시간이었다. 얼마나 말로만, 가슴이 닫힌 채로 이해한다, 존경한다 해왔던지 나 자신을 정직하게 찾을 수 있는 시간이었다. 실로 왜 돈 문제 관련 아버지와의 관계들을 보게 하는지 느낄 수 있었다.

나다운 일을 한다는 것은 열정적으로 일한다고 해서, 그냥 돈을 번다고 해서가 다가 아니다. 내가 일과 돈을 어떻게 여기고 있는지, 관계를 어떻게 맺어오고 있는지 깊은 속사람을 깨닫는 것이다. 그 속사람을 깨닫기 위해 경험의 여행들이 필요한 것이다. 아는 것만으로는 한계가 있다. 막상 내가 어떤 상황이 되면 <내공>에서 위기 대처 능력이 나오기 때문이다.

내면을 있는 그대로 바라볼 때, 일어날 일들이 일어난 것이라는 받아들임이 있게 된다. 변화의 중심에서 우리가 우리 삶의 진정한 주인이 되느냐 아니면 과거처럼 사느냐 하는 것은, 얼마만큼 깊이 있게 나 자신과 화해하고 사랑하는가에 달려있다.

강력한 에너지인 감사하는 마음이 감사하는 인생을 만들었다. 오늘 한 번 더 감사를 표현해 본다. 나를 찾고 발견하고 사랑하는 마음이, 그러한 인생을 만들었다. 관점의 변화는 놀랍도록 자유로움을 준다. 더 들어가 보면, 어떤 위안이 진정한 자기 위로인지, 합리화인지도 알 수 있다. 매일의 순간들의 '나'를 찾으며, 생존하기를 넘어 삶을 살아있게 살자. 그 발견한 힘으로, 내가 나와 사랑하는 사람들을 위해 살아가자! 오늘 더 나를 사랑하기로! 있는 그대로 괜찮은 나의 마음이 꽃피어나도록!

이제 새로운 시작이다!
나를 찾으며 위기를 돌파하라.

대단한 업적을 세운 것도 아닌 평범한 내가 과연 책을 쓸 수 있을까? 하지만 나의 이야기가 단 한 사람에게라도 울림을 줄 수 있다면 영광이라는 생각으로 써내려갔다. 그렇게 한 챕터, 한 챕터를 완성해갈수록 오히려 내가 힘을 받고, 삶에 대한 열정과 초심을 복기할 수 있었다.

예술가들의 특권은 자신을 사랑하는 일이다. 그것을 나눈다. 우리는 본래 사랑으로 태어났다. 삶의 예술가들은 내가 아닌 것들을 걷어내고 고통이 삶이 아님을 깨닫기까지 무수한 어려움들을 만나기도 한다. 그리고 그것은 자신을 진실되게 사랑하는 것이 무엇인지 깨닫는 발자국이 된다.

이 책에는 그러면서 살기 위해 목숨 걸고 나를 찾았던 시간들이 담겨 있다. 독자분들도 이 책을 통해 한걸음 더 자신과 친해지길. 내 안의 힘을 낭비하지 않고 짜임새 있게 사용하며 "나"라는 그림을 원하는 대로 자유롭게 그려나가길.

삶의 방황 끝에 만난 것은 비로소 가장 아름다운 내가 이미 존재하고 있다는 것이었다. 빛이 되려고 노력하는 것이 아니라 존재 자체로 빛이라는 것을 아는 데에 수십 년이 필요했다. 나는 앞으로 어떤 어려움이 있다 할지라도 '나'라는 마스터피스를 조각해나가는 마중물 역할을 할 것이다.

여전히 부족하고 남의 시선을 의식하며 쫄아드는 나를 만나도 있는 그대로 괜찮아라고 말해 줄 수 있는 여유가 생겼다. 나는 끝이 보이는 일에 인내심이 매우 강하다. 끝이 보이지 않는 코로나시대에 인내력을 갈고 닦으며 오늘도 나는 나를 만난다. 위력을 발견한다. 그리고 그린다. 맞닿은 꿈을. 그리다가 지워도 된다. 새로 시작해도 된다. 그러니 오늘 우리 나를 같이 만나보자.

추신, 이 책이 완성될 수 있도록 함께 이야기 나눈 선생님들과 출판사 대표님과 직원 분들, 영감을 준 모든 이들에게, 읽어주실 독자님들께 감사드린다. 가장 사랑하는 부모님과 동생, 나에게 감사하다. 그리고 모든 영광을 살아계신 창조주께 돌린다.

에필로그

나를 조각하는 5가지 방법

—

초판인쇄 2021년 2월 27일
초판발행 2021년 3월 8일

—

지은이   이나겸
발행인   조용재

—

펴낸곳   도서출판 북퀘이크
마케팅   북퀘이크 마케팅 팀
편집   북퀘이크 편집팀
디자인   북퀘이크 디자인팀 – 실장 홍은아

—

주소   경기도 고양시 일산동구 장백로 8 넥스빌 704 호
전화   031-925-5366~7
팩스   031-925-5368
이메일   yongjae1110@naver.com
등록번호   제 2018-000111 호
등록   2018년 6월 27일

—

파본은 구입처나 본사에서 교환해드립니다.